모래평원의 개미들

제2회 문학동네 청소년장편소설 공모 대상작

모래평원의 개미들

오 송 이 　　장 편 소 설

문학동네

나는 여기에 있어, C

차례

집배원 소녀

"모래폭풍이 오고 있어."

소녀가 말고삐를 당기며 말했다. 소년은 하늘을 올려다보았다. 태양만이 맹렬히 불타올랐다. 숨을 내쉴 때마다 열기가 허파 속까지 파고들었다. 모래에 반사되는 햇빛 때문에 눈도 제대로 뜨지 못했다. 몸속에서부터 타들어가는 듯한 끔찍스런 열기였다. 모래평원의 공기는 조금의 진동도 없이 평소의 하늘, 태양, 모래들처럼 그 자리에 그대로 머물러 있었다. 콧등에 맺힌 땀이 흘러 입술로 뚝뚝 떨어졌다. 소년이 손등으로 입술을 문질렀다. 손등 위에 땀과 함께 말라붙었던 모래알이 입속으로 굴러들어 갔다.

"아직은 안 와."

"그럼?"

"이제 곧 올 거야. 다들 그렇게 얘기해. 요즘 모래평원에 이주민들이 없잖아."

소녀는 모래로 뒤덮인 말의 코를 닦았다. 말이 투레질을 하며 손을 떨쳐냈다. 소녀가 달래듯이 갈기를 쓰다듬었다. 갈기는 모래먼지가 엉겨 지저분하고 거칠었다. 말은 모래평원에서의 고된 여정으로 지치고 사나워져 있었다.

모래평원은 사람이 살지 않는 땅이었다. 구름 한 점 없는 하늘에는 태양만 덩그러니 떠 있다. 모래평원의 맥줄은 태양이 내뿜는 뜨거운 열기에 바작하게 말라붙었다. 황량한 지평선은 침묵했다. 씨앗을 뿌릴 수도 없는 메마른 땅은 오랜 가뭄으로 거미줄처럼 갈라졌다. 물길을 낼 수 없을 만큼 딱딱하게 굳은 땅에는 생명이 뿌리내릴 틈이 없었다. 오래전에 말라죽은 허리 꺾인 고목들이 모래바람에 천천히 삭아갔다. 모래평원을 가로지르는 철길은 붉게 녹슬어 평원의 흉측한 흉터처럼 을씨년스레 버티고 있었다. 낮에는 홍감빛 태양이 이글이글 타오르다 밤에는 스산한 무쇳빛으로 물든 하늘에서 차디찬 바람이 모질게 불어쳤다. 보름달이 뜨면 고목 그림자 아래에서 늑대들이 길게 울음소리를 뽑아내고, 허기진 솔개가 텅 빈 하늘을 선회하며 하이에나가 말라죽길 기대했다. 모래평원은 사람이 살지 못하는 땅이었다.

"모래폭풍이 오는데 왜 모래평원에 있어?"

"편지를 배달하러. 난 집배원이야."

소녀는 안장에 매달린 가방을 열어 보였다. 소년은 그 안에 빼곡하게 담긴 편지 봉투를 보았다. 모래먼지를 품은 바람이 불어왔다. 소녀는 가방을 단단하게 닫아 여미고는 낡아빠진 밀짚모자를 고쳐 썼다. 야무진 손길로 밀짚모자 위에 천을 감아 턱밑에서 질끈 묶었다. 입안의 모래알이, 말을 할 때마다 혓바닥 아래를 까칠하게 긁었다.

"모래폭풍이 지나갈 때까지는 동쪽으로 돌아가지 않을 거야."

벌거벗은 지평선은 아지랑이로 뒤덮였다. 소녀는 서쪽을 향하고 있었다. 버려진 철길은 서쪽 지평선 너머까지 길게 이어졌다. 소녀는 철길을 따라 서쪽 도시에 닿을 것이다. 소년은 소녀를 따라가고 싶은 충동에 휩싸였다. 그가 입안의 모래알을 으득으득 씹어넘기며 느닷없는 충동을 삼키려 할 때, 소녀가 말 옆구리를 뒤꿈치로 찔렀다. 말이 코를 벌름거리며 느릿느릿 걸음을 옮겼다. 소년은 천천히 멀어지는 소녀의 뒷모습을 지켜보았다. 이마에서 흘러내린 땀이 속눈썹 위로 한 방울씩 떨어졌다. 무심코 손등으로 눈을 문지른 소년은 모래먼지 때문에 한참 동안 눈을 비볐다. 고개를 들었을 때 지저분한 말 궁둥이는 꽤 멀어져 있었다. 집배원 소녀는 마치 안장에 매달린 짐처럼 덩그러니 말 위에 앉아 있었다.

곧 소년은 돌아서서 동쪽을 바라보았다. 소년이 가야 할 곳이었다. 천을 끌어올려 입을 가리고 걷기 시작했다. 소년은 얼마

걷지 않고 멈춰 서서 고개를 젖혔다. 머리 위에서 태양은 불타고, 바람은 열기와 모래먼지를 품고 평원 위를 배회하며, 바짝 마른 땅거죽은 아지랑이를 피워올렸다.

모래폭풍의 조짐은 전혀 보이지 않았다.

사내

개미였다. 뙤약볕으로 뜨겁게 달궈진 자동차 유리창에 개미들
이 기어오르고 있었다. 개미들은 더듬이를 뻣뻣하게 세우고 한
줄로 유리창을 건넜다. 소년은 한참 동안 개미 떼를 지켜보았다.
개미들은 흐트러짐 없이 질서정연하게 앞의 개미를 뒤따라 유리
창 위를 나아갔다. 조금도 흐트러짐 없이. 일사불란하게 움직인
개미 떼는 곧 시야에서 사라졌다. 그때서야 소년은 자동차 문을
열었다. 시트가 터져 스펀지가 드러난 낡은 의자 위에 C가 웅크
린 채 잠들어 있었다. 유랑민들로부터 얻은 양가죽 물통을 꼭
끌어안은 채였다. 소년이 조심스럽게 물통을 빼냈다. 텅 비어 있
었다. 소년은 얼굴이 검누렇게 뜬 C를 흘끗 쳐다보았다. 그는
등에 멘 짐에서 물이 가득 찬 물통을 꺼내 C의 팔 아래에 내려
놓았다.

소년은 조심스럽게 자동차 문을 닫았다. 땅거미가 지고 있었다. 반물빛으로 어두워진 하늘에 짙붉은 햇빛이 선명하게 덧칠됐다. 서서히 어둠이 깔리기 시작한 모래평원은 우울한 적막에 감싸였다. 소년은 발등이 간질거리는 느낌을 받았다. 거무끄름하게 탄 발등에 개미 한 마리가 기어다니고 있었다. 개미가 발등 위를 기어올라 복사뼈 근처를 빙글빙글 맴돌았다. 잠시 지켜보던 소년은 곧 헛발질로 발을 털어 개미를 떨어뜨렸다. 그는 자동차 주변에 흩어져 있는 땔감을 긁어모아 불을 지폈다. 텅 빈 뱃속에서 요란한 소리가 났다. 소년은 짐 가방을 끌어당겨 말린 요구르트를 꺼내 먹었다. 바람결이 점점 거칠어졌다. 소년은 모닥불 앞에 바싹 붙었다. 모닥불 그림자가 을씨년스레 나불댔다.

어둠에 잠긴 모래평원엔 정적이 감돌았다. 소년은 모래평원의 괴괴한 침묵에는 도무지 익숙해질 수 없었다. 목덜미가 선득해지는 늑대들의 울음소리가 두렵기보다는 반가운 것이 그 때문이었다. 침샘조차 말라붙는 듯한 갈증, 뱃속을 긁어내는 허기, 목덜미를 뜨겁게 태우는 햇볕, 밤이 깊을수록 모질게 부는 찬바람들 모두, 견디어낼 수 있었지만, 단단한 침묵만은 고통스러웠다. 혼자 하염없이 모래평원을 걷고 있노라면 발끝부터 천천히 모래가 되어 흩어지는 기분이었다. 어느 순간에는 온몸이 모래알로 변해 그대로 스러져버릴 것 같았다. 단숨에 정적을 찢어발기고,

가슴속까지 파고들어 울리는 날카로운 소리가 들려온 것은 그때였다.

소년은 벌떡 일어나 동쪽을 바라보았다. 지평선 너머에서 불쑥 나타난 두 개의 강렬한 불빛이 번득이며 모래평원의 어둠을 쫓아냈다. 적막한 모래평원에 함부로 짓쳐든 불빛과 소음은 빠른 속도로 가까워졌다. 깜짝 놀란 가슴이 곧 기대감으로 설레기 시작했다. 철길을 따라 질주해오는 빛이 자동차 불빛임을 깨달은 것이다. 자동차는 쉴 새 없이 경망스러운 경적을 울려댔다. 높게 튀어오른 소리들이 모래평원의 어둠을 난잡하게 헤집어댔다. 고요하게 가라앉아 있던 모래평원은 삽시간에 소음으로 뒤흔들렸다. 자동차는 적막한 땅에 희뿌옇게 모래먼지를 휘날리며 달려왔다.

"언제 왔어?"

잠들었던 C가 자동차 문을 열고 고개만 삐쭉 내밀었다. C에게서 지독한 입 냄새가 났다. 그것은 고독이 내는 악취였다. 온종일 더위와 맞서 싸우며, 침묵을 강요당한 입안에는 지독한 냄새가 뱄다. C의 입 냄새는 소년의 것이기도 했다. 소년은 물끄러미 C를 내려다보다가 다시 자동차로 눈길을 돌렸다.

"해 질 무렵에. 그것보다 C, 저기 누가 오고 있어."

C는 눈을 가늘게 뜨며 동쪽을 바라보았다. 자동차가 철길을 따라 그들을 향해 달려오고 있었다. 경적 소리가 끊임없이 울렸

다. 그 사나운 소리는 어느새 소년과 C와 가까워졌다. 자동차는 속도를 줄이지 않았다. 자동차 바퀴 때문에 모래먼지가 흐리터분하게 피어올랐다. 모래먼지에 휩싸인 자동차는 그들의 코앞까지 치달았다. C가 자동차 안으로 고개를 집어넣었다. 소년은 빨리 안으로 들어오라는 그의 외침을 들었지만 몸을 움직일 수 없었다. 자동차 헤드라이트가 눈부시게 각막에 비쳐들었다.

소년은 그처럼 환한 빛을 본 적이 없었다. 빛이 자신을 비추자 발가벗겨진 듯한 기분에 손가락 하나 까딱하지 못했다. 소년은 자동차 앞유리창으로, 운전을 하는 사내와 한순간 눈이 마주쳤다. 소년은 꿈결처럼 비현실적이라고 생각했다. 사내의 눈동자가 떨리는 것이 보일 정도로 가까웠다. 경적 소리가 잔뜩 날이 선 채로 귓속을 파고들었다. 머릿속까지 선득한 소리가 왕왕 울려댔다. 헤드라이트 빛이 눈 속으로 한꺼번에 쏟아지는 듯했다.

자동차는 아슬아슬하게 소년을 비껴갔다. 모닥불이 단숨에 스러졌다. 자동차가 지나가며 어둠이 급작스레 덮쳐왔다. 소년은 넋을 놓고 거짓말처럼 어둠을 되찾은 모래평원을 바라보았다. 곧이어 모래먼지가 눈과 콧속으로 몰려들고서야 정신이 들었다. 기침을 심하게 하면서도 뒤를 돌아보았다. 질주하던 자동차는 비틀거리더니 갑자기 멈추었다. 경적 소리가 뚝 끊겼다. 모래평원은 조금 전보다 훨씬 더 무거운 침묵에 사로잡혔다. C가 두려운 기색을 감추지 못하며 중얼거렸다.

"어떻게 된 거야?"

그 목소리를 듣기라도 한 듯 불쑥 자동차 문이 열렸다. 소년은 입술을 질근거리며 자동차를 주시했다. 활짝 열린 문에서 사내가 굴러떨어졌다. 사내는 모래바닥에 웅크린 채로 몸을 들썩였다. 숨을 가누는 것처럼 움직이지 않던 사내가 고개를 번쩍 들었다. 어두웠지만 소년은 그와 눈이 마주쳤다는 것을 알 수 있었다. 사내가 그들을 향해 팔로 모래바닥을 짚으며 기어오기 시작했다. 소년은 문득 C를 보았다. 얼굴이 반쯤 그늘에 가린 C가 경멸과 두려움이 한데 섞인 눈으로 사내를 노려보고 있었다. 망설이던 소년은 이내 사내에게 가까이 다가갔다. 사내가 기어오던 것을 멈추고 코앞에 선 소년을 올려다보았다.

"이 새끼가 뭘 멀뚱히 쳐다보고 자빠졌어. 사람이 다쳤잖아!"

사내가 독살스런 목소리로 소리쳤다. 소년은 머뭇거리며 그에게 손을 뻗었다. 사내가 매달리듯 손을 움켜잡았다. 소년은 그제야 사내에게서 피 냄새가 진동한다는 사실을 깨달았다. 소년이 감당할 수 없을 정도로 사내는 키가 큰 근육질이었다. 그는 이를 악문 채 소년의 팔에 매달려 겨우 몸을 지탱했다. 소년은 얼결에 그를 부축했다. 헤드라이트 불빛은 아직도 환하게 켜져 어둠을 쫓고 있었다. 불빛 앞에서 본 사내의 옆구리에서 피가 끊임없이 흘러내렸다. 선연한 붉은 피는 딱딱한 모래땅 위에 음습

하게 번져갔다. 쉽사리 피를 먹지 않는 모래땅에 작은 웅덩이가
고일 정도로, 사내의 몸은 속절없이 피를 쏟아냈다.

사람이 그처럼 심하게 다친 것은 처음 보았다. 소년은 사내를
부축했던 손을 보았다. 어느새 지문까지, 자잘한 주름 속까지 피
가 깊게 배어들었다. 피비린내가 지독스럽게 진동했다. 소년은
어찌할 바를 모르며 사내를 앉혔다. 자동차에 기대앉은 사내가
아프게 팔을 움켜쥐면서 소년의 몸에 기댔다. 소년은 얼결에 그
의 옆에 주저앉았다. 비록 다쳤을망정, 사내의 눈빛만은 살기등
등했다.

"무슨 일이에요?"

소년의 물음에 사내가 잔뜩 충혈된 눈으로 그를 노려보았다.

"보면 몰라? 총에 맞았잖아!"

사내가 외치는 총이란 단어는 소년에게 낯선 것이었다. 소년
은 총, 하고 조심스럽게 발음했다. 무엇을 가리키는 말인지 전혀
짐작이 가지 않았다. 소년은 어리둥절한 얼굴로 총, 총, 총, 낯
선 말을 되뇌었다. 사내는 더이상 소년에게 관심이 없었다. 그
는 피가 꾸역꾸역 밀려나오는 상처를 누르면서 위협적으로 중
얼거렸다.

"버러지 같은 놈들이…… 감히 누구한테…… 창년 헛소리나
믿고…… 쓰레기들이…… 감히 누구한테 총질을 해!"

사내가 얼굴을 잔뜩 일그러뜨리며 뇌까렸다. 소년은 그에게

팔을 붙잡힌 채 사내를 바라보기만 했다. 사내는 눈을 굴리면서
무어라고 빠른 어조로 중얼거렸다가, 고함이라도 지를 듯 눈을
부릅떴다가, 갑자기 불안에 사로잡혀 옷 속을 더듬거렸다. 사내
가 미친 사람처럼 거칠게 숨을 몰아쉬며 옷깃을 헤집을 때였다.
소년은 뒤통수가 섬뜩해지는 것을 느꼈다. 그는 불길한 표정으
로 뒤를 돌아보았다.

　헤드라이트 불빛은 어둠에 묻힌 모래평원의 일부분을 훤히 밝
혔다. 그 빛과 어둠의 모호한 경계에, 피 냄새를 맡고 찾아든 모
래평원의 하이에나들이 하얗게 눈을 빛내며 그들을 지켜보고 있
었다. 하이에나들은 서서히 그들 주위를 둘러쌌다. 사내도 곧 그
사실을 알아차리고 고개를 번쩍 들었다. 사내의 눈에 일순 공포
가 스쳤으나 이내 광기 어린 눈빛으로 돌아왔다. 하이에나들은
대여섯 마리는 족히 될 법했다. 굶주림으로 더욱 사나워진 하이
에나들이 하얗게 이를 드러냈다. 사내는 발작적으로 웃음을 터
뜨리며 품속에서 검은 물체를 꺼냈다.

　윤기 없는 둔탁한 검은색으로 칠해진 물체는, 작았지만 무거
워 보였다. 사내는 덜덜 떨리는 손으로 물체를 단단히 움켜쥐었
다. 소년은 그 다음 순간 일어난 일을 이해하지 못했다. 사내가
물체를 하이에나 쪽으로 겨냥했을 때, 갑자기 불길한 소리가 공
기를 짓찢었다. 그리고 하이에나는 죽었다. 소년은 아무것도 이
해하지 못했다. 하이에나들도 마찬가지인 듯, 그 자리에 그대로

있었다. 사내만이 망설이지 않았다. 또 한 마리의 하이에나가 맥없이 쓰러졌다. 다른 하이에나들은 망설이지 않고 어둠 속으로 꼬리를 감췄다. 사내가 웃음을 터뜨리다가 별안간 그 검은 물체를 소년의 미간에 겨누었다. 소년은 눈을 동그랗게 뜨고 사내를 쳐다보았다.

"이게 뭔 줄 알아?"

소년은 말없이 그를 빤히 쳐다보았다.

"총이야. 총."

"……"

땀에 젖은 머리카락이 사내의 이마에 달라붙었다. 그는 입술을 파르르 떨며 고개를 떨어뜨렸다. 소년의 팔을 움켜쥔 손에 파랗게 핏줄이 돋았다. 그는 손이 부들부들 떨릴 정도로 세게 힘을 주었다. 사내가 총을 내리고 피가 솟는 옆구리를 눌렀다. 흐느끼듯이 어깨를 떨던 사내가 고개를 쳐들었다. 그는 사납게 치뜬 눈으로 소년을 노려보면서 소리쳤다.

"여기서 죽을 수는 없어…… 이렇게 개처럼 죽을 순 없단 말이야! 이, 내가! 이런 곳에서, 혼자…… 죽을 수는 없다고! 알겠어?"

사내의 몸이 힘없이 허물어졌다. 소년은 바닥으로 넘어지는 사내를 재빨리 부축했다. 사내가 소년의 어깨에 머리를 기댔다. 검붉은 피가 서서히 모래바닥에 스며들어갔다. 사내는 죽어가고 있었다. 그는 너무 많은 피를 흘렸다. 독기 어린 눈빛이 천천히 흐려졌다. 그럼에도 소년의 팔은 여전히 세게 움켜쥐고 있었다. 소년은 그 손을 떨쳐낼 수 없었다. 사내는 눈을 천천히 깜빡이면서 모래평원의 저편을 응시했다. 어둠으로 가려진, 영원히 닿을 수 없을 듯한 지평선, 그 너머까지 바라보는 양, 사내의 눈은 깊이 침잠했다. 그는 울고 있었다. 먼지와 핏자국으로 더럽혀진 뺨에 선명하게 눈물 자국이 났다. 소년은 사내의 젖은 속눈썹을 들여다보았다.

"당신은 죽을 거예요."

사내가 눈을 깜빡이며 소년을 보았다. 고인 눈물방울이 뺨 위로 후두둑 떨어졌다. 소년은 문득 사내가 누군가와 닮았다고 생각했다. 그러나 곧 사내를 닮은 누군가가 아니라 지금 사내가 짓고 있는 표정을 어디에선가 본 것임을 깨달았다. 자동차 주인의 얼굴에서였다. 차 주인이 자신을 쫓아오는 C를 바라볼 때의 표정과 똑같았다. 아무 대답도 없이 도시로 떠났던 차 주인. 소년은 그때 차 주인에게 묻지 못했던 것을 대신 사내에게 물어보았다.

"죽어갈 때는 뭐가 생각나요?"

"그년."

"뭐요?"

"그 창녀 말이야! 내가, 그년 배를…… 걷어찼지, 몇 번이나…… 애가 죽었을 거야…… 꼴좋게 됐지……"

소년은 사내의 말을 채 절반도 알아듣지 못했다. 사내는 갈수록 생기를 잃었고, 마침내 저 혼자 입속으로 웅얼거렸다. 그의 입가에 고인 피거품이 질질 아래로 흘러내렸다. 사내는 이제 곧 죽을 것처럼 보였다. 조금 전까지도 독살스럽게 사방을 노려보던 눈은 자꾸만 감겼고, 제대로 가누지 못한 머리는 소년의 어깨에 맥없이 기대었다. 그럼에도 소년의 팔뚝을 움켜쥔 아귀힘만은 여전했다. 소년은 팔이 얼얼할 정도로 아팠다. 그는 사내의 발치에서 천천히 번져가는 핏자국을 바라보았다. 피는 헤드라이트 불빛을 받아 음산한 붉은빛을 띠었다. 소년은 저 핏자국이 아주 오랫동안 지워지지 않을 것임을 알고 있었다.

"콜라."

사내가 문득 중얼거렸다. 소년은 이번에도 콜라가 무엇을 가리키는 말인지 알지 못했다. 소년의 의아한 표정을 무시하며 사내가 읊조렸다.

"목말라 죽겠어. 콜라가 마시고 싶어."

"콜라요? 그런 건 없어요."

"나도 알아. 넌? 넌 뭐가 생각나?"

소년은 잠시 후에야 사내의 말을 알아들었다. 그는 소년에게 묻고 있는 것이다. 죽을 때 무엇이 생각날 것 같느냐고. 소년은 단번에 머리에 떠오르는 것이 있었다.

"스카프. 내가 죽을 땐 그 빨간색 스카프가 떠오를 것 같아요."

사내는 대답하지 않았다. 소년은 말을 이었다.

"스카프가 어디 있는지는 모르겠지만, 분명히 여기 어디에 있을 거예요. 차 주인이 그걸 태워 없앴을 리가 없어요. 그렇게 아꼈으니까."

자동차 주인이 어디에선가 나타났다. 소년은 그를 그렇게 표현할 수밖에 없었다. 차 주인은 철길이 잇고 있는 동쪽과 서쪽 지평선과는 전혀 무관한 방향에서, 어느 날 불현듯 나타났다. C의 애인이 떠난 지 사나흘쯤 지났을 때였다. 여느 때와 마찬가지로 땡볕이 내리쬐는 무더운 날이었다. 모래평원은 눈부신 황금빛으로 물들었고 숨 막히는 적막으로 감싸여 고요하기 그지없었다. 그때 차 주인이 경쾌한 엔진 소리를 내며 나타났다. 그는 단숨에 자동차를 몰아 철길에 우두커니 서 있는 소년과 C에게로 다가왔다. 애인이 떠난 뒤로 C는 철길 위에 웅크리고 앉아 꼼짝도 하지 않았다. C와 소년은 모래평원 한가운데에서 죽어가고 있었다. 차 주인은 그때 나타난 것이었다.

차 주인은 여행자였다. 그는 젊고, 잘생겼으며, 덩치가 크고 또 이상한 콧수염을 기르고 있었다. 게다가 전혀 어울리지 않는 우스꽝스러운 카우보이 모자를 늘 눌러쓰고 다녔다. 그럼에도 소년은 차 주인의 빨간색 스카프 때문에 그가 멋지다고 생각했다. 차 주인은 오랫동안 여행을 다녀 자동차에 늘 짐이 한가득 실려 있었다. 그가 가장 아꼈던 것은 빨간색 스카프였다. 그는 항상 그 빨간색 스카프를 자랑스럽다는 듯이 목에 감고 있었다. 스카프는 여행을 다니며 얻었던 것 중에서 가장 값진 것이라 했다.

빨간색 스카프에는 소년이 한 번도 보지 못한 무늬가 수놓여 있었다. 강물 위로 낮게 바람이 불면서 생겨나는 물결 무늬도 그 스카프의 무늬만큼 섬세하고 신비롭지는 못할 것이다. 소년은 그 무늬가 마치 빛의 결을 수놓은 것 같다고 생각했다. 어디인가로 이어지는가 싶으면 끊어지고, 규칙이 만들어질 듯하면 또 어느샌가 형태를 짐작할 수 없는 새로운 무늬가 시작되었다. 무늬뿐 아니라 스카프의 빨간색은 사내의 발치에 번진 핏자국의 불쾌한 구릿빛과는 전혀 다른 색깔이었다. 스카프는 한창때의 화사한 단풍색을 그대로 옮겨놓은 듯한 고운 빛깔이었다. 소년은 스카프를 들여다볼 때마다 손에 들고 있으면서도 놓칠 것만 같은 아찔한 기분에 휩싸이곤 했다.

"어쩌면 태워버렸을지도 몰라요. 차 주인은 자기가 가진 것들을 남김없이 태우고 철길을 따라 떠나버렸거든요."

사람들은 결국엔 전부 어딘가로 떠나버린다. 떠나지 않는 사람은 없다. 소년은 어둠 속으로 끝없이 펼쳐진 철길을 바라보았다. 헤드라이트 불빛이 미치지 않는 그 너머까지, 낡아빠진 철길은 꿋꿋하게 이어져 있었다. 그 끝에는 도시가 있다. 철길은 모래평원을 가로질러 동쪽과 서쪽의 도시를 잇는 구실을 했다. 소년은 철길을 따라가버린 차 주인을 떠올리고, 곧 이어 C의 애인을 떠올렸다. 그녀는 왜 떠난 것일까? 소년은 C를 버려두고 떠난 그녀가 증오스러웠다. 그때까지 소년은 그녀가 왜 떠났는지 이해할 수 없었다. 차 주인이 떠나기 전까지, 소년은 C의 애인을, C의 애인이 향해 간 도시를 증오했다. 소년은 물끄러미 철길을 바라보았다. 철길은 C와 소년에게서 너무 많은 것을 빼앗아 갔다.

C와 C의 애인, 그리고 소년이 함께 살던 곳은 모래평원에서 아주 멀리 떨어진 숲이었다. 그곳엔 모래평원의 구름 한 점 없는 광막한 하늘이나 각막까지 말라붙게 만드는 햇볕 따위는 없었다. 양털구름이 푸른 하늘 속에서 평화롭게 흘렀고, 부드러운 햇빛은 창문으로 새어들어 집 안을 따스하게 밝혔다. 그곳에서 C와 C의 애인은 행복했다. 그들은 때론 싸우고, 토라지고, 울기도 했지만, 결국엔 화해했다. 그들이 사는 집은 비바람에도 끄떡없는 안락하고 튼튼한 보금자리였다. 위협과 불안 따위는 감히 침입해오지 못할 정도로 견고한 나날들이었다. 모든 것이 완벽했지만 C의 애인은 어느 날 사라졌다.

어떤 전조도, 단서도 없이 갑작스레 자취를 감추었다. 소년은 아직도 그날을 생생하게 떠올릴 수 있다. 느른한 햇볕이 감미롭게 내리쬐던 아침, 잠에서 깬 C의 옆에 그녀가 없었다. 아침을 먹을 때까지 그녀는 나타나지 않았다. 집 앞에는 근처 어디에서도 본 적 없는, 알갱이가 굵은 모래가 잔뜩 쌓여 있었다. C는 거칠고 물기 없는 모래를 한 줌 쥐어보았다. 낯선 감촉이었다. 그들이 사는 숲에서 본 적 없는, 이질적이고 불쾌한 감촉. C는 그 모래가 숲의 한 방향을 향해 점점이 이어진 것을 알아차렸다. C와 소년은 모래를 따라나섰다. 그들은 계속 걸었다. 모래는 끝없이 이어졌지만 그들은 끈질기게 쫓았다. 마침내 C는 멀리에서 걸어가는 애인을 발견했다.

그들은 어느샌가 모래평원을 헤매고 있었다. 모래평원의 냉혹한 태양은 C의 뽀얀 피부를 검게 태웠다. 보기 좋게 살이 오른 붉은 뺨은 움푹 꺼졌고, 모래먼지로 뒤덮인 그의 머리카락은 예전의 윤기를 찾아볼 수 없었다. 모래평원에 들어선 순간부터 C는 죽어갔다. 견딜 수 없을 정도로 뜨거운 햇볕이 한나절 내내 쏟아졌다. 해가 지면 뺨을 에는 칼바람과 귀가 떨어져나갈 듯한 추위가 파고들었다. 숲에서는 본 적 없는 맹수들이 밤마다 사방에서 위협적으로 울어댔다. 모래평원은 죽음의 땅, 죽음만이 살고 있는 땅, 고독과 공포가 한 이불을 덮고, 무기력한 증오와 분노가 기어다니는, 절망적인 땅이다. 아무리 쫓아도 C의 애인을 따라잡을 수 없었다. C와 소년이 겨우 그녀를 따라잡은 것은 철길 위에서였다. 철길에서 그들을 바라보는 C의 애인을 발견했을 때 소년은 확신했다. C의 애인은 떠날 것이다. 그녀는 떠나고, 다시는 돌아오지 않을 것이다.

C의 애인은 세상에 자기 혼자만 남은 것 같다고 말했다. C도, 소년도 세상에 자기 혼자만 남은 느낌을 상상하기 어려웠다. C의 애인은 어리둥절해하는 C에게 다가갔다. 그녀는 그의 손을 잡거나 안아준다거나 하지 않았다. C의 애인은 다만 C와 눈을 마주쳤다. 언젠가 기차를 타고 돌아올게. 그 말만 남기고 그녀는 철길을 따라 떠났다. 그녀가 남긴 말이 C의 굴레가 되었다. C는 철길에 웅크린 채 움직이지 않았다. 기차가 올 때까지 떠나지 않을 작정이었다. 소년은 차마 그를 버려두고 갈 수 없었다. 그들이 철길에서 C의 애인을 기다리며 죽어갈 때 때마침 차 주인이 나타났다.

차 주인이 C와 소년을 구해주었다. 그 둘은 차 주인을 좋아했다. 그는 자동차 가득 싣고 온 음식과 물을 나누어주며 여행담을 늘어놓았다. 차 주인은 지평선의 끝을 찾아다녔다. 그는 지평선의 끝이 있을 것이라고 믿고 그 너머, 그 너머를 향해 자꾸만 자동차를 몰고 갔다. 차 주인은 그 이야기를 털어놓으면서도 지평선 너머를 바라보고 있었다. 지평선에는 근사한 금노을이 지는 중이었다. 그는 말을 재미있게 할 줄 아는 사람이었다. 차 주인 덕분에 C와 소년은 기운을 차렸고 모래평원의 혹독함을 이겨낼 자신도 얻었다. 모래평원에서 유랑민을 찾는 법도, 그들에게 도움을 얻는 법도 모두 차 주인이 가르쳐준 것이다. 고독과 두려움은 멀어지고, 그들은 희망을 되찾아가고 있었다.

차 주인이 C에게, 애인이 왜 떠났느냐고 묻지 않았다면, 소년은 그가 철길을 따라 떠나지는 않았을 것이라고 믿었다. C의 이야기를 듣고 난 뒤부터 차 주인은 말이 없어졌다. 그의 침묵은 낯설고 두려운 것이었다. 소년은 그 뒤부터 모래평원의 적막을 더욱 견딜 수 없게 되었다. 그는 하룻밤을 꼬박 말없이 보냈다. 다음 날 소년은 매캐한 연기 냄새를 맡고 잠에서 깨어났다. 차 주인이 자동차에서 모든 짐을 끌어내 불태웠다. 모든 것이 잿더미로 변하자 그는 철길을 따라 떠나버렸다. 자동차는 그가 남겨놓고 간 유일한 것이었다.

C는 떠나는 차 주인을 쫓아갔다. 차 주인은 말없이 C를 돌아보았다. 그는 울고 있었다. C는 아무 말도 하지 못하고 그를 바라보기만 했다. 차 주인은 다시 철길을 따라가기 시작했고 C는 더이상 쫓지 않았다. 그날 이후로 C는 도시를, 철길을, 철길을 따라 오는 사람들을 모두 증오했다. 소년은 침묵을 두려워하게 되었다. 차 주인이 떠난 뒤 먹을 것이 떨어져가자 소년은 유랑민을 찾아나섰다. 그들에게서 물을 얻고, 음식을 얻고, 모래평원을 헤매 간신히 철길에 도착했을 때, 소년은 철길을 따라 가는 사람들을 이해할 수 있게 되었다. 길이 없는 곳은 두렵다. 어디로 이어져 있든 길은 공포를 덜어낸다. 광막한 모래평원을 헤매며 물을 구할 때 소년은 깨달았다. C의 애인과 차 주인이 견딜 수 없었던 것은, 혼자만 남은 것 같은 세상이나 모래평원이 아

니라 그들 자신이라는 것을. 그리고 소년은 더이상, 돌아오지 않는 C의 애인을 기다리고 있을 수만은 없었다.

"그래도 그 스카프를 다시 볼 수 있다면 좋을 텐데."

소년은 그때서야 팔이 더이상 아프지 않다는 사실을 알아챘다. 사내의 손이 땅에 떨어져 있었다. 소년은 사내의 얼굴을 들여다보았다. 그는 더이상 식은땀을 흘리지 않았다. 마치 잠든 어린아이처럼 평온한 얼굴이었다. 소년은 그를 피 웅덩이에서 끌어내 바닥에 눕혔다. 사내의 얼굴은 달빛을 받아 창백하게 빛났다. 뺨에 생긴 선명한 눈물 자국이 반짝거리는 것처럼 보였다. 소년은 젖은 그의 눈가를 닦아주고 몸을 반듯하게 해주었다. 소년은 한참 동안 사내의 얼굴을 내려다보았다. 그를 헤드라이트 불빛 앞에 두고 소년은 C에게로 돌아갔다. 소년은 자동차 안으로 들어가 서둘러 담요를 덮었다. 언 몸을 녹이려 뒤채고 있을 때, 선잠에서 깬 C가 소년에게로 고개를 돌렸다.

"죽었어?"

"응."

"잘 자."

"……"

이튿날 C는 아침 일찍 일어나 사내의 시체를 보았다. 다행히 간밤 하이에나가 냄새를 맡지 못한 듯 사내는 온전했다. 그러나 시체를 그대로 내버려둘 수는 없었다. 모래평원의 햇볕을 받으면 시체는 금방 썩어 고약한 냄새를 풍길 것이 분명했다. 소년과 C는 사내가 타고 온 자동차 트렁크에 시체를 넣기로 결정했다. 그들은 겨우 시체를 들어 트렁크에 처박을 수 있었다. 시체의 팔다리를 대충 우겨넣고 트렁크 문을 닫았다. 벌써 해가 꽤 높이 떠 있었다. 땀이 비 오듯 흐르고 갈증으로 죽을 지경이라, 그들은 자동차 그늘에 숨어 물을 마셨다.

"물이 모자라."

C가 신경질적으로 옆구리를 긁으며 말했다. 소년은 말없이 배낭을 끌어당겨 말린 고기를 꺼냈다. 허기가 뱃속을 긁어댔다. 그는 다시 유랑민을 찾아나서기 싫었다. 모래평원은 두려운 땅이었다. 고목의 앙상한 그늘마다 죽음이 도사리고 있는 것 같았다. 침묵은 머릿속까지 파고들어 종내에는 아무 생각도 나지 않았다. 고독이 단단한 모래땅처럼 견고하게 소년의 주위를 둘러쌌고, 모래바람은 그에게서 모든 생기를 앗아가는 듯했다. 소년은 모래평원이 몸서리치게 무서웠다. 이제 그만 이 땅을 떠나고 싶었다. 소년은 다시 숲의 집으로 돌아갈 수 없다면 차라리 철길을 따라 도시로 가고 싶었다. 그는 말린 고기를 우물거리는 C의 눈치를 조심스럽게 살폈다.

"그럼 도시로 갈래?"

"도시로 가면 영영 돌아갈 수 없어."

"어디로?"

"집. 집으로는 다시 돌아갈 수 없다고."

소년은 C가 질긴 고기를 물어뜯는 것을 빤히 쳐다보았다. 소년도 고기를 어금니로 꽉 물고 잡아당겼다. 찢긴 고기를 힘들게 씹으면서 소년은 모래평원을 둘러보았다. 그는 미로에 갇힌 기분이었다. 물속에 빠져버린 것처럼 느껴졌다. 그는 더이상 모래평원에서 철길 이외의 길을 알아내지 못했다. 별자리를 보고 유랑민에게 찾아가는 법을 차 주인에게 배웠으나, 그 길 또한 집으로 가는 길은 아니었다. 소년은 이미 집으로 돌아가는 길을 잊고 만 것이다. 그에게는 더이상 돌아갈 곳이 없었다. 소년은 씹히지 않는 고기를 억지로 삼켰다. 모래알이 함께 씹혔지만 이제 더는 짜증스럽거나 불쾌하지도 않았다.

"네가 유랑민을 찾아 떠난 뒤에, 도시 사람들이 꽤 지나갔어."

"도시 사람들이라니?"

"철길을 따라 왔으니까 도시 사람들이겠지. 자동차 안에 숨어서 지켜보기만 했어. 다들 지쳐서 서쪽으로 가더라고. 그리고 다음 날엔 서쪽에서 온 사람이 동쪽으로 가고. 그렇게 서로 다른 도시로 자꾸 옮겨다녔어. 어쩐 일인지, 최근엔 말 타고 온 여자애 하나밖에 보질 못했지만. 어쨌든 도시로 가는 건 아무 의미도 없어. 도시 사람들조차 계속 도시에 머무르지 못하는걸."

소년은 전날 낮에 만난 집배원 소녀의 말이 생각났다. 소녀는 모래폭풍이 오고 있다고 말했다. 그 덕분에 요즘 모래평원에 이주민들이 없다는 이야기도 함께. C가 말한 도시 사람들이란 이주민일 것이다. 소년도 이주민에 대해 유랑민에게 얻어들은 바가 있었다. 동쪽 도시에 사는 사람들은 서쪽 도시를 동경하고, 서쪽 도시에 사는 사람들은 동쪽 도시를 그리워했다. 서로의 도시로 옮겨가는 사람들을 이주민이라고 불렀다. 그들은 언제 불어닥칠지 모르는 모래폭풍 때문에 이주를 못하는 것이다. 모래폭풍…… 모래폭풍! 소년은 그때서야 지난 낮에 들었던 모래폭풍 이야기를 C에게 하지 않았다는 것을 깨달았다.

"이제 곧 모래폭풍이 온대! 네가 봤다던 말 타고 온 여자애, 걔를 만난 적이 있는데 나한테 이야기해줬어. 그래서 사람들이 모래평원으로 안 오는 거래."

"모래폭풍? 언제 오는데?"

"이제 곧 올 거래. 다들 그렇게 얘기한대. 우리도 빨리 피해야 돼."

C는 대꾸하지 않고 고기만 질근거렸다. 소년은 희망이 솟는 것을 느꼈다. C는 오랫동안 말이 없었다. 소년은 재촉하지 않고 기다렸다. 태양은 어느새 하늘 꼭대기까지 올라가, 머리 위에서 숨 막히게 타올랐다. 자동차 그림자가 짧아져 소년과 C는 어쩔 수 없이 다리를 햇볕에 내놓았다. C는 고기를 씹으면서도 연신 옆구리를 긁적거렸다. 소년이 그의 옷가지를 걷어보자 긁은 부

위가 벌겋게 부어올라 있었다. 그가 더이상 긁지 못하게 했지만, C는 가려워 견딜 수 없다며 계속 긁어댔다.

"언제부터 가려웠던 거야?"

"몰라. 차 주인이 떠난 뒤로부터, 계속…… 응, 계속 그랬어."

"이것도 전부 모래평원에 있어서 그래. 빨리 어디로든 가야돼. 도시든, 집이든, 모래폭풍은 피해야 하잖아."

C는 고집스럽게 입을 다물었다. 죽고 말 것이다. 물이 다 떨어지는 날과 모래폭풍이 덮쳐올 날 모두 멀지 않았다. 소년은 사내가 담긴 트렁크를 바라보았다. 아직 아무 냄새도 나지 않았지만 곧 저곳에서는 참을 수 없는 악취가 날 것이다. 구더기들이 들끓고, 살과 내장이 썩는 냄새에 하이에나들이 몰려들고, C는 여전히 철길에 머무를 것이다. 소년은 옆구리를 긁는 C의 손목을 붙들었다. 갈비뼈가 다 드러난 그의 살결에 붉은 손톱자국이 엉망으로 났다. 모래평원은, C의 애인은, C를 죽이고 미치게 만들 것이 틀림없었다. 그녀는 결코 돌아오지 않는다. 소년은 도시로 달아나고 싶었다.

그늘이 짧아져 햇볕을 피하기 힘들어졌다. C는 일어나 사내의 자동차로 다가갔다. 그는 트렁크를 가만히 노려보면서 코를 벌름거렸다. 피비린내는 마치 공기에 배어들기라도 한 듯 사라지지 않았다. C는 헤드라이트 앞의 핏자국을 물끄러미 내려다보았다. 검붉은 핏자국은 햇볕에 말라붙었으나 그 불길한 색깔이 그대로 모래알을 물들였다. 소년은 C를 지켜보다가 주위의 고목들을 살폈다. 땔감이 많다면 시체를 태워도 좋을 것이다. 하지만 장작이 그리 풍족하지도 않았다. 땅에 묻는다는 것은 엄두도 나지 않는 일이었다. 모래평원은 반 뼘도 파낼 수 없을 만큼 단단하게 굳은 땅이었다.

자동차 주위를 맴도는 C를 내버려두고, 소년은 차 주인의 자동차로 기어들어갔다. 자동차 안은 바깥보다 훨씬 무더웠다. 햇빛이 차 안에 고이기라도 한 것처럼 숨이 막혔다. 소년은 의자에 누워 눈을 감았다. 몸은 더할 나위 없이 피곤했지만 정신은 말똥말똥했다. 그의 머릿속에 변을 잘 보지 못해 검누렇게 뜬 C의 얼굴과 눈물 자국이 또렷하게 남은 창백한 사내의 얼굴이 번갈아 떠올랐다. 죽음은 그들과 먼 곳에 있지 않았다. 소년은 좀처럼 잠을 이루지 못하며 몸을 뒤척였다. 앞유리창으로 C를 지켜보던 소년의 눈길이 문득 자동차 서랍장으로 향했다. 서랍장을 연 그는 구석에 구겨진 채 처박혀 있는 스카프를 발견했다. 차 주인이 자동차 안에 있는 짐이란 짐은 몽땅 털어 불태웠기 때문에 다시 열어볼 생각조차 못했던 서랍장이었다.

소년은 스카프를 꺼내 활짝 펼쳤다. 스카프는 처음 보았을 때의 경이로움을 그대로 느끼게 했다. 활짝 열린 문 안으로 더운 바람이 슬그머니 불어들자 잔뜩 주름진 스카프가 다팔거렸다. 소년은 눈앞이 아찔해졌다. 스카프가 바람에 흔들리면서 제 속살을 훤히 드러냈다. 이전에도 눈길을 빼앗겼던 기묘한 무늬가 소년의 눈앞에서 춤추듯 엉키었다. 소년은 그 선연한 빨강과 함께 얽히고설켜드는 신비로운 무늬를 넋을 잃고 바라보았다. 차 주인은 결국 스카프를 불태우지 못한 것이다. 소년은 스카프를 꽉 움켜쥔 채 자동차 문밖으로 몸을 내밀었다.

"이것 봐, C! 스카프가 남아 있어!"

그늘에 바싹 붙어 누워 있던 C가 고개를 돌렸다. 그는 자동차로 다가와 스카프를 뜯어보았다. 햇빛 때문에 눈살을 찌푸린 C의 얼굴에 무심한 표정이 역력했다.

"깜빡하고 태우지 않은 모양이지."

"아니야, 우릴 위해 남겨둔 거야. 전부 태웠는데 왜 이건 안 태웠겠어."

"글쎄. 어쨌든 차 주인이 돌아오면 돌려줘."

"차 주인은 안 와."

그늘로 돌아가던 C가 소년을 노려보았다. 그는 소년의 얼굴에 바싹 얼굴을 갖다대며 말했다. 입 냄새가 지독하게 풍겼지만, 소년은 말없이 그를 바라보기만 했다.

"돌아올 거야."

"……"

"돌아와. 그녀와 함께 돌아올 거야."

안 올 거야. 아무도 돌아오지 않아. 우린 버려진 거야. 소년은 그렇게 외치고 싶었다. 태양이 견디기 힘들 정도로 거세게 불타고 있었다. 햇볕은 그들의 숨통을 조일 듯이 지독하게 내리쬐었다. 그 열기는 뱃속까지 흘러들어가 몸 안에서부터 서서히 불을 지펴오는 것 같았다. 이마를 타고 흘러내린 땀방울이 속눈썹을 적셨다. 입 냄새가 지독했다. 사내의 피비린내보다도 역겨웠다. 곧 C는 신경질적으로 돌아서서 그늘로 기어들어갔다. 소년은 스카프를 들여다보았다. 어젯밤 그렇게 다시 보고 싶었던, 그 빨간색 스카프였다. 그는 가만히 그것을 들여다보다가 문득 생각이 스쳤다.

"C, 어쩌면 스카프가 자동차 열쇠일지도 몰라."

"열쇠이더라도 무슨 소용이야. 자동차를 어떻게 움직이는 줄도 모르는데."

"그렇지만…… 계속 궁리하다보면 알아낼지도 모르지."

C는 침묵했다. 소년은 스카프로 어떻게 자동차를 움직일지 고민하다가 깜빡 잠이 들었다. 나른하고, 무덥고, 삭막하고, 조용한 오후였다. 앞유리창으로 비쳐든 햇빛은, 마치 숲의 작은 집에서처럼, 소년의 뺨을 따뜻한 노란색으로 물들였다.

해 질 무렵 소년은 눈을 떴다. C가 자동차 보닛에 걸터앉아 해가 지는 모습을 지켜보았다. 소년은 땀으로 젖은 머리칼을 털며 C의 옆에 나란히 앉았다. 철길이 이어진 서쪽 지평선에 완벽한 원형의 태양이 서서히 떨어졌다. 태양은 똑바로 쳐다볼 수 있을 만큼 빛이 희미해졌으나 여전히 찬란한 붉은색을 띠었다. 서녘의 하늘은 온통 불그레한 빛으로 물들었다. 진홍빛과 주홍빛, 노란빛이 한데 뒤섞여 환상적인 색을 만들어냈다. 노을의 끝부분은 붉은 밤빛이었는데 어두운 쪽빛과 보랏빛이 엉켜 혼잡스럽게 어둠과 빛의 경계를 이루었다. 소년은 이따금씩 지금처럼 모래평원의 경치에 압도되어 어떤 고통스러운 기억도 잊어버릴 때가 있었다. 소년과 C는 완전히 해가 저물 때까지 말없이 서녘 하늘을 바라다보았다.

"하이에나 두 마리가 죽어 있던데."

C가 입을 열었다. 소년은 어젯밤 사내가 '총'으로 하이에나를 죽였다는 것을 기억해냈다. 그 밤에는 여러 가지 일이 있어서 까맣게 잊고 있었던 것이다. 소년은 C에게 어떻게 된 영문인지 설명해주려고 했지만, 자신도 어떻게 된 일인지 잘 납득이 가지 않았다. 소년은 결국 C에게 직접 그 '총'이라는 것을 보여주기로 했다. 어둠이 완전히 깔렸을 때 그들은 아직도 헤드라이트 불빛이 켜져 있음을 깨달았다.

"저건 언제까지 빛나고 있을까?"

"영원히 안 꺼질지도 몰라."

소년과 C는 헤드라이트 불빛을 불안한 표정으로 바라보았다. 불빛이 하이에나나 늑대를 자극할지도 몰랐다. 그때 소년은 사내의 '총'이 떠올랐다. 그것으로 하이에나를 쉽게 쫓을 수 있을 것이다. 소년은 C와 함께 트렁크 문을 열었다. 썩은내가 고약하게 피어올랐다. 소년과 C는 동시에 뒷걸음질 치며 코를 감쌌다. 어둠 속에서 소년은 겨우 사내의 옷 속주머니 안에 쑤셔박혀 있던 총을 발견해냈다. 총을 빼냈음에도 사내의 속주머니는 묵직했다. 소년은 문득 사내가 어젯밤 불안한 손길로 옷깃을 헤집어대던 것이 떠올랐다. 소년은 속주머니 안에 있는 것도 함께 꺼내고 트렁크 문을 쾅 닫아버렸다.

그들은 담요를 두르고 헤드라이트 불빛 아래에서 총과, 속주머니에서 함께 꺼낸 작은 꾸러미를 살펴보았다. C는 총을 조심스럽게 불빛에 비추어보며 관찰했다. 소년은 천으로 꽁꽁 싸맨 꾸러미를 풀어보았다. 꾸러미 안에는 그저 주먹만한 돌멩이 하나가 있을 뿐이었다. 한낱 돌멩이가 뭐 그리 소중했던 것인지. 소년은 사내가 미친 듯이 옷을 더듬거리던 것을 떠올리며 고개를 갸웃했다.

"이건 어떻게 쓰는 거야?"

C가 총을 뒤집어 땅바닥에 세우려고 애를 쓰다가, 결국 낙담하며 물었다.

"나도 몰라. 어두워서 잘 못 봤거든. 맞아, 그렇게 잡는 건 봤는데…… C!"

어젯밤의 불길하고 날카로운 소리가 크게 울려퍼졌다. 사내의 자동차가 스르르 주저앉았다. C가 타이어를 터뜨린 것이었다.

C가 손을 떨면서 소년을 바라보았다. C는 어젯밤 사내가 총을 잡았던 그 자세대로 총을 잡고 있었다. 구멍에 손가락을 끼우고, 구멍의 막대를 검지로 잡아당겼더니 타이어가 주저앉은 것이다. C는 소름 끼치는 벌레라도 털어내듯이 총을 땅바닥에 내던졌다. 소년은 총과 돌멩이를 주워 도로 트렁크에 던져넣었다. 그들은 더이상 총과 돌멩이에는 관심을 두지 않고 하이에나를 확인하러 갔지만, 머리가 터져 죽은 하이에나를 보고 바로 돌아섰다.

"어차피 식량은 충분해, 물이 없어서 그렇지."

"그래. 하이에나는 가만 내버려두자."

소년과 C는 소름이 돋은 팔을 문질렀다. 대개 늑대나 하이에나 따위의 모래평원에 사는 야생동물들은 철길 근처로 다가오지 않았다. 철길 근처는 오아시스도 없을 뿐더러 나무도 모두 말라죽은 삭막하기 짝이 없는 지역이기 때문이다. 이따금씩 지나가는 이주민들을 공격하기에도 불리한 지형이었다. 어젯밤 사내의 피 냄새만 아니었다면 하이에나도 접근하지 않았을 것이다. 소년과 C는 차 주인의 자동차로 돌아와 담요로 몸을 싸맨 채 끔찍한 맛이 나는 말린 고기를 씹었다.

"유랑민들은 친절했어?"

C가 물었다. 소년은 무심코 앞유리창으로 보이는 밤하늘에서 유랑민들에게 가는 별자리를 찾았다. 유랑민들은 도시 사람들을 혐오했다. 소년이 도시에서 오지 않았다는 것을 알자 금방 친절

해졌다. 그들은 C를 데리고 와 함께 지내도 된다고 했지만, 소년은 수락도 거절도 하지 않고 돌아왔다. 모래폭풍을 피해야 한다면 C를 데리고 유랑민들에게 가는 것도 좋은 방법일 것이다. 하지만 소년은 어떻게든 C를 데리고 도시로 가고 싶었다. 그 편이 C의 애인을 찾기에도 훨씬 수월할 것이다. 무엇보다도 안락함. C의 애인이 무작정 도시로 떠난 것은 도시의 안락함에 기댔기 때문이다. 도시로 가는 길이 있었고, 도시 안에도 분명 철길만큼이나 분명한 길이 나 있을 것이다. 길을 따라다니는 일이란 실로 얼마나 안락한가. 적어도 도시에서는 물을 구하기 위해 모래평원을 며칠 동안이나 헤맬 일은 없다.

"응. 도와달라니까 도와줬어."

"얼마나 버틸 수 있을까?"

"아껴 마시면 물은 일주일쯤 마실 수 있어."

소년은 물을 마시는 대신 양가죽 물통만 매만지고 있는 C를 말없이 응시했다. C가 왜 도시로 가지 않는지 이해할 수 있었지만, 고집은 오히려 C를 죽일 뿐이었다. C는 도시를, 철길을 증오했다. 도시와 철길은 그에게서 애인과 친구를 빼앗아갔다. C는 마치 유랑민들처럼 도시에 사는 사람이라면 모조리 경멸했다. 모래평원에 남겠다는 C를 두고 소년은 결코 혼자 떠날 수 없었다. 그마저 C를 버릴 수는 없었다. C는 여전히 가려운 모양인지 옆구리를 쓱쓱 긁어댔다. 소년은 그의 말라비틀어진 뱃가죽을 떠올렸다. 갈비뼈가 선연하게 드러난, 살집이라곤 없는 몸뚱이였다.

먼지로 뒤덮인 유리창 때문에 밤하늘은 잔뜩 구름이 낀 것처럼 보였다. 정말로 비구름에 뒤덮인 하늘이라면 좋았을 것이다. 소년은 쏟아질 것처럼 잔뜩 떠오른 환한 별들을 바라보았다. 별 숲 속에 반이 조금 넘게 차오른 달이 주위의 별빛을 압도하며 모래평원에 위풍당당한 빛을 뿌렸다. 이제 곧 보름이었다. 달을 바라보던 소년이 앞유리창으로 눈길을 돌렸다. 개미들이 기어가고 있었다. 개미 떼는 가는 실처럼 한 줄을 이루어 나아갔다.

"어디로 가는 걸까?"

C가 고개를 들어 개미들을 바라보았다. 그는 몸을 웅크리면서 잘 채비를 했다.

"몰라. 어딘가 돌아갈 곳이 있겠지."

개미들은 꽤 긴 행렬을 이루었지만 곧 마지막 개미가 나타났다. 개미들에게 흥미를 잃고 막 눈을 감으려는 찰나였다. 행렬에서 완전히 동떨어진 개미 한 마리가 소년의 눈길을 끌었다. 개미는 유리창 위를 헤매고 다녔다. 모래먼지로 뒤덮인 유리창 위에서 이상하게 시선을 잡아끄는 개미였다. 좀 전의 개미들과는 달리 갈팡질팡 제 길을 못 찾는 탓이었다. 개미는 유리창 위를 헤매다가 앞선 행렬이 간 방향과는 전혀 다른 곳으로 가버렸다. 소년은 잠들기 위해 담요 안으로 손을 집어넣으며 불쑥 입을 열었다.

"모래폭풍이 우리 쪽으로 올까?"

"몰라. 모래폭풍이 오면 개미들도 다 날아가겠지?"

C는 무심코 옆구리를 긁으면서 대꾸했다. 소년이 얼른 그의 손목을 잡아채 가슴 앞으로 돌려놓았다. C는 가려움증 때문에 어깨를 움찔거리긴 했지만 다시 긁지는 않았다.

"날아가겠지. 우리도 날아갈걸."

그는 고개를 돌려 유리창으로 서쪽 지평선을 바라보았다. 헤드라이트 불빛이 얼마간 어둠을 쫓아내긴 했지만 지평선까지는 어림도 없었다. 어둠에 묻혀 달빛으로 어슴푸레 보이는 지평선은 불길해 보였다. 그 뒤에서 어떤 일이 일어나는지 전혀 알아챌 수 없었기 때문에 불안감은 점점 더 커졌다. C가 초조한 기색으로 다시 옆구리를 긁었다. 소년은 그를 내버려두기로 했다.

"그녀가 돌아오기 전에 모래폭풍이 올 것 같아? 그녀가 그 전에 오지 않는다면…… 계속 철길에서 기다릴 수 있을까?"

소년은 모래폭풍은 곧 올 것이고, 철길에서 기다리기는커녕 폭풍에 휩쓸려 순식간에 죽고 말 것이라고 생각했다. 하지만 아무 말도 하지 않았다. 대신 여전히 맑디맑은 밤하늘과, 밝게 빛나는 노란 달과 그림자에 가려지는 일 없이 반짝거리는 별들을 바라보았다. C가 숨조차 죽이며 소년의 대답을 기다리고 있었다. 소년은 점점 더 신경질적으로 옆구리를 긁는 C의 손을 붙잡았다.

"모래폭풍이 오려면 아직 한참 남았을지도 몰라. 봐, 하늘이 저렇게 맑고 깨끗하잖아. 구름 한 점 없이."

"결국 우리는 죽겠지?"

말이 목구멍에서 나오지 못하고 탁 막혀버린 기분이었다. 소년은 모르겠다고 대답하려 했지만 결국 아무 말도 할 수 없었다. 침묵을 이기지 못한 C가 중얼거렸다.

"자꾸만 옆구리가 가려워."

"봐줄까?"

"됐어. 어두워서 잘 보이지도 않을걸."

"담요 걷어봐."

소년은 C의 옷을 걷어올렸다. C 말대로 잘 보이지는 않았다. 소년은 그의 옆구리를 만져보았다. 차가운 손 때문에 C가 옆구리를 움찔했다. 얼마나 긁어댔는지 옆구리가 부은 것이 느껴졌다. 모래평원이 그에게 이상한 병을 주었다. 그러나 몸이 가려워지는 병에 대해서는 들어본 적이 없었다. 소년이 손을 거두자 C가 담요를 뒤집어썼다. 소년과 C는 자동차의 푹 가라앉은 의자에 웅크리고 누운 채 어둠 속에서 빛나는 서로의 눈을 한참 동안 응시했다.

"나아질 거야."

"꼭 몸속에 뭐가 들어간 것처럼 가려워. 벌레 같은 게. 그런 것들이 몸 안을 기어다니는 것처럼. 정말 그런 게 아닐까?"

소년은 문득 앞유리창을 기어가던 개미 떼가 떠올랐다. 어쩌면 한밤중에 개미 떼들이 길을 잘못 찾아 C의 귓속으로 들어갔을지도 모른다. 소년은 C의 귀를 통해 몸속으로 줄지어 들어가는 개미 떼를 생각하다가 몸서리쳤다. 아니, 어쩌면 개미 떼에서 낙오된 그 개미 한 마리가 길을 잃고 C의 귓속으로 들어섰을지도 모를 일이다. 소년은 길 잃은 개미가 한 치 앞도 보이지 않는 어두컴컴한 귓속으로 기어들어가, 들어가면 들어갈수록 깊어지는 어둠 속을 헤매며, C의 몸속을 누비고 다니는 모습을 상상하다가 얼핏 잠이 들었다.

세금징수원

소년은 강물을 굽어보고 있었다. 속이 훤히 들여다보이는 초록빛 강물이 평화롭게 흘러갔다. 물결이 부드러웠다. 햇빛이 강 표면에 부딪치면서 산산이 흩어졌다. 물비늘이 눈부시게 반짝거리며 자맥질을 했다. 소년은 강을 굽어보며 깊이를 가늠했다. 모래사장이 끝나면 자갈밭이 시작되는데 그 부분부터 강물이 짙은 검푸른 빛을 띠었다. 머리 꼭대기까지 차오를 듯이 깊어 보였다. 소년은 모래사장으로 발을 내디뎠다. 부드러운 모래알이 발가락 사이를 파고들었다. 소년은 잠시 멈춰 서서 발가락을 움직였다. 모래알은 기분 좋은 감촉으로 발가락을 간질였다. 소년은 발이 푹푹 파묻히는 모래사장을 가로질러 강물에 발을 담갔다. 소스라칠 정도로 차가운 강물이 그의 발등 위를 흘러갔다. 소년은 강물에 몸을 던졌다. 물이 귓속으로 밀려들고, 한껏 벌린 입안으로 제멋대로 밀고 들어왔으며, 크게 치켜뜬 눈에 차가운 감촉으로 다가왔다. 그는 힘껏 물장구를 치며 건너편으로 헤엄쳐 갔다. 강 건너편에는 풀꽃이 뒤엉킨 완만한 암벽이 그를 기다리고 있었다. 물 위로 머리를 내밀자 정수리와 얼굴로 따사롭고 부드러운 햇빛이 쏟아져내렸다. 소년은 암벽 위에 기어올라 주저앉았다. 암벽에서는 그 아름다운 장소와 전혀 어울리지 않는 냄새가 풍겼다. 누군가 똥을 한 무더기라도 싸놓은 듯 고약한 냄새였다. 주위를 둘러보던 소년은 얼마 떨어지지 않은 곳에서 죽은 새끼 고라니를 발견했다. 암벽 꼭대기에서 떨어져 죽은 모양인 듯, 가느다란 다리가 함부로 꺾여 널브러졌고 뱃가죽이 찢어져 내장과 허연 뼈가 고스란히 드러났다. 반쯤 썩은 내장에는 구더기들이 들끓었고 시체에 까맣게 내려앉았던 파리 떼가 일제히 윙윙거리며 날아올랐다. 코를 찌르는 고약한 냄새는 고라니가 썩는 냄새였던 것이다. 소년은 코를 감싸쥐며 강으로 고개를 돌렸다. 그때 문득, 소년은 물 흐르는 소리가 전혀 들리지 않는다는 사실을 깨달았다. 불현듯 햇볕이 걷잡을 수 없이 뜨거워졌다. 숨이 막힐 듯 덮쳐오는 열기에 소년은 맥없이 강으로 떨어졌지만 기대했던 차가운 강물의 시원함은 전혀 느껴지지 않았다. 소년은 꿈을 꾸고 있음을 깨달았다.

눈을 뜨자 텅 빈 하늘이 와락 덮쳐왔다. 이글이글 타오르는 오렌지빛 태양만이 덩그러니 뜬 익숙한 하늘이었다. 돋을볕이 따갑게 내리쬐었다. 모래평원의 아침 하늘이다. 소년은 욱신거리는 몸을 일으켰다. 자동차 문을 활짝 열어놓고 잠들었다가 잠결에 굴러떨어진 모양이었다. 소년은 얼굴을 잔뜩 찌푸리며 코를 막았다. 꿈에서 맡은 고라니 썩는 냄새가 똑같이 모래평원에서 진동하고 있었다. 소년은 겨우 입으로 숨을 쉬며 하이에나 사체를 보았다. 뜨거운 태양이 가차 없이 그들의 죽은 몸뚱이에 열기를 퍼부었다. 지독한 악취였다.

"누가 온다."

자동차 그늘에 숨어 동쪽을 지켜보던 C가 외쳤다.

C는 모래평원을 오가는 사람들에게 전혀 호감을 갖지 않았다. 사람들은 철길을 나침반 삼아 모래평원을 가로질렀는데, 그들의 목적지는 모두 도시이기 때문이었다. C는 도시로 향하는 그들과 말을 섞지도 않고 모른 척 지나가기만을 기다렸다. 하지만 소년이 만난 도시 사람이라곤 집배원 소녀뿐이었다. 그는 동쪽을 바라보았고, 도시 사람들을 싫어하는 C가 계속 동쪽을 응시하고 있는 이유를 깨달았다. C라고 할지라도 그 사람을 모른 척할 수는 없었던 모양이다. 물론 모른 척하지 않는다고 해서 호감을 갖는 것도 아니었다. C는 호기심 어린 눈빛이긴 했지만 경멸스러운 표정 또한 감추지 못하고 있었다.

소녀가 모래폭풍이 온다고 예고한 뒤 모래평원에는 인적이 뚝 끊겼다. 죽은 사내를 제외한다면 며칠 동안 모래평원에 있는 사람이라곤 소년과 C뿐인 것 같았다. 소년의 바람과는 달리 여전히 모래폭풍이 올 조짐은 보이지 않았다. 사람들은 모래폭풍이 어느 날 갑자기 지평선 너머에서 불쑥 나타나, 텅 빈 황무지를 사납게 휩쓸어 모든 오아시스를 거대한 무덤으로 만들어버릴 것이라고 굳게 믿는 듯했다. 그 와중에 한 사람이 나타난 것이다. 모래평원을 건너가는 사람치곤 드물게도 매우 뚱뚱한 체구였다.

"오늘 안에 올 수는 있으려나?"

C가 사타구니를 긁었다. 소년은 C를 흘깃 보고는 동쪽으로 눈길을 돌렸다. 그 사람은 제자리걸음을 하는 것처럼 조금도 가까워지지 않았다. 마치 지평선 너머에 꿰매진 것처럼 보였다.

"그 전에 쓰러질 것 같은데."

모래평원에는 온종일 살인적인 햇볕이 쏟아졌다. 두터운 구름은커녕 새털구름조차 끼지 않아 잠시라도 햇볕을 피할 수 없었다. 저 뚱뚱한 사람이 어떻게 따가운 햇볕을 견디며 걸어올 수 있는지 의심스러울 정도였다. 그는 매우 느리지만 꾸준히 걸어오고 있었다. 그럼에도 쉽사리 거리가 좁혀지지 않았다. 소년과 C는 그를 지켜보는 일을 그만두고 햇볕을 피해 그늘 속에 드러누웠다.

"이제는 살이 가려워."

"옆구리는 괜찮아?"

"응, 옆구리는. 살이 가려울 뿐이야."

결국 그 사람은 그날 밤이 지나도록 도착하지 않았다.

소년은 다음 날 아침에야 그 사람을 만날 수 있었다. C는 질색을 하며 자동차 안으로 숨어들었다. C는 도시 사람들과 말을 섞는 것도, 마주 보고 앉아 있는 것도 싫어했다. 마침내 소년과 만난 노인은 전혀 뚱뚱하지 않았다. 오히려 안쓰러울 정도로 말라 피골만 앙상하게 남은 꼴이었다. 그가 뚱뚱해 보였던 것은 등에 짐을 잔뜩 지고도 허리에 큼직한 물통들을 매달아놓았기 때문이었다. 노인의 특이한 점은 그뿐이 아니었다. 그는 지금까지 소년이 본 사람 중에서 가장 늙은 사람이었다. 소년은 사람이 그처럼 늙을 수 있다는 사실이 놀라울 정도였다.

뼈다귀밖에 남지 않은 마른 노인은 걸을 힘이 남아 있기는 한지 걱정스러울 정도였다. 소년은 노인이 짐을 지고 물통을 둘러메기까지 하고 모래평원을 여행했다는 것이 믿기지 않았다. 노인의 머리카락은 흰색에 가까운 엷은 회색빛이었다. 햇빛으로 검게 그을린 피부에는 곰팡이가 슨 것처럼 이상한 반점들이 나 있었다. 얼굴은 주름에 푹 파묻혀 입술이 제대로 보이지 않았다. 광대뼈가 툭 튀어나오는 바람에 푹 꺼진 뺨은 말라비틀어진 사과처럼 쭈글쭈글했다. 주름 때문에 반쯤 보이지 않는 눈은 무기력하게 깜빡거렸다. 그가 걸치고 있는 허름한 옷가지는 온통 흙먼지로 더럽혀져, 노인의 몰골을 더욱 늙수그레하고 형편없어 보이도록 했다.

노인은 비틀거리며 걸어와 자동차 그늘에 무너지듯 주저앉았다. 잔뜩 지치고 피곤한 표정인 그는 짐을 풀어놓고 숨을 길게 내쉬었다. 소년은 노인의 얼굴에서 눈을 떼지 못했다. C 역시 자동차 창문으로 몰래 노인을 훔쳐보곤 화들짝 놀랐다. 그들 모두, 노인과 같은 늙은 얼굴을 이전에는 보지 못했던 것이다. 노인은 소년이 쳐다보고 있거나 말거나 허리에 묶은 물통을 풀기 시작했다. 물통 주둥이를 새끼줄로 엮어 허리에 둘러메고 있던 것이었다. 노인이 물통 하나를 끌어당겨 물을 마셨다. 만족스러울 정도로 충분히 마시지 않고 몇 모금을 찔끔찔끔 마신 뒤 뚜껑을 닫아버렸다. 소년은 노인이 지닌 물통들을 보자 불쑥 갈증이 일었다. 하지만 혓바닥으로 바싹 마른 입천장을 핥으며 갈증을 참았다. 그들에게는 물이 부족했고 마시고 싶을 때 항상 마실 수는 없었다. 하지만 자동차 창문에서 C의 얼굴이 사라진 것으로 보아, 물을 꺼내 마시고 있는 모양이었다. 소년은 낮게 한숨을 내쉬었다.

"댁은 도대체 여기서 뭘 하는 거요? 모래폭풍이 온단 소식을 못 들었소?"

노인의 목소리에는 피로가 겹겹이 쌓여 있었다. 소년은 천천히 고개를 가로저었다.

"아뇨. 집배원한테 들었어요."

"그런데 왜 아직도 여기 있소?"

소년은 힐끗 자동차 창문을 들여다보았다. C가 의자에 드러누워 잠을 청하려는 듯 눈을 감고 있었다. C의 손은 여전히 사타구니 근처를 긁어댔다. 노인이 문득 자동차를 돌아보곤 물었다.

"자동차가 고장 났소? 아니, 그것보다, 모래평원에 자동차를 타고 나오는 게 불법인 것 모르시오?"

"몰라요. 아무튼 자동차는 내 것이 아니에요."

"그럼 모래평원에는 무엇 때문에 남아 있소?"

"당신 정말 못생겼네요."

소년은 노인의 물음에 답하는 대신 불쑥 이렇게 말했다. 잠시 멍청한 표정을 짓던 노인이 얼굴을 찌푸렸다. 소년은 그의 누르무레하고 못생긴 얼굴을 한참 들여다보았다. 얼굴을 찌푸리자 주름들이 마치 저마다 살아 있는 것처럼 씰룩거렸다. 얼굴은 더욱 추해졌지만 노인은 개의치 않는 듯했다. 노인이 뼈마디가 굵은 손가락으로 콧등의 땀을 훔쳐냈다. 그는 소년에게 한마디할 듯이 입을 씰룩거렸으나 고개를 설레설레 젓고 말았다.

"당신처럼 늙은 사람은 처음 봤어요."

"유랑민이오?"

"아녜요. 난 기차를 기다리고 있어요."

노인은 또다시 입을 씰룩거렸지만 말을 삼키고, 대신 다른 것을 물었다.

"그래서 철길을 쓰고 있단 거요?"

"기차를 기다리고 있는 것뿐이에요. 왜요?"

"난 세금징수원이오. 철길을 사용하는 사람들을 찾아 세금을 걷는 일을 한다오."

세금징수원이 품속에서 낡고 두꺼운 수첩을 꺼냈다. 그는 고개를 숙이고 어깨를 바짝 움츠린 채 무언가를 쓰기 시작했다. 소년은 그를 가만히 지켜보았다. 세금징수원은 한참 동안 입을 열지 않았다. 소년이 그의 옆에 붙어 수첩을 들여다보았다.

"세금이란 게 뭔데요?"

글 쓰는 것을 멈춘 세금징수원이 고개를 들었다. 소년은 여전히 수첩을 내려다보고 있었다. 소년은 글을 읽을 줄 몰랐다. 세금징수원은 대꾸하지 않고 계속 수첩에 뭔가를 적었다. 소년은 흘끗 자동차 창문을 들여다보았다. C는 이제 잠든 듯 눈을 감고 꼼짝도 하지 않았다. 소년이 다시 한번, 세금이 무엇이냐고 물어보자 세금징수원이 수첩을 덮었다. 그가 인상을 찌푸리자 주름이 배로 늘어나고 깊어졌다. 그 바람에 얼굴이 더욱더 추하고 늙어 보였다. 세금징수원은 지친 어조로 말했다.

"왜 사람을 고달프게 하시오."

소년은 대답 없이 말끄러미 쳐다보기만 했다. 세금징수원은 몇번째인지 모를 한숨을 내쉬었다.

"사람들이 철길을 쓰려면 철길을 만든 사람에게 정당한 값을 치러야지. 난 사람들에게 그 값을 받으러 다니는 거요. 세금이

뭐냐는 둥 실없는 소리나 지껄이면서 괜히 농담할 생각 마시오. 난 세금 때문에 이 모래평원까지 기어나왔단 말이오. 알겠소?"

"그럼 기차는 언제 온다던가요?"

"아까부터 무슨 소릴 하시오?"

"그러니까, 기차를 기다리고 있다고……"

"지금 나랑 농담 따먹기 하자는 거요?"

세금징수원이 수첩을 내던지며 모래바닥에서 벌떡 일어났다. 그의 발에 맞은 물통들이 일제히 넘어지며 자동차 바퀴에 부딪쳤다. 그러나 세금징수원은 더이상 화를 내지는 않았다. 너무 늙은데다 여행으로 지치고 피곤한 탓인 듯했다. 그는 고함이라도 지를 것처럼 입을 몇 번 벙긋거리다 다시 주저앉아버렸다. 대신 홧김에 물통의 물을 반절이나 마셔버렸다. 소년은 오르락내리락하는 노인의 목젖을 부러운 눈초리로 지켜보며 공연히 마른침만 삼켰다. 허기보다도 갈증을 참는 것이 더 고역이었다. 소년이 처음 모래평원에 들어섰을 때는 하루에 몇 번씩이나 맑은 샘이 보였다. 불모의 땅에 샘물이 솟아날 리 없었다. 소년은 몇 번이나 헛걸음을 하고 나서야 샘이 보여도 달려가지 않을 수 있었다.

땅김으로 뒤덮인 지평선이 흐릿하게 보였다. 더운 바람이 느릿느릿 불어와 그들의 뺨을 스치고 지나갔다. 땡볕이 모래평원을 불태울 듯이 사납게 쏟아졌다. 그들은 자동차 그늘에 말없이 앉아 있었다. 세금징수원의 이마가 땀으로 흥건했다. 오랜 여행으로 인한 피로와, 모래와 땀으로 뒤엉킨 그의 얼굴은 몹시 지저분했다. 세금징수원은 자신이 넘어온 동쪽 지평선을 바라보았다. 지평선까지 이어진 철길이 땅김 때문에 휘어진 것처럼 보였다. 모래평원에는 그들 셋과, 자동차 두 대, 동쪽과 서쪽을 잇는 낡은 철길, 죽은 하이에나 두 마리와 트렁크 안에서 썩어가는 사내의 시체 외에는 아무것도 없는 듯했다. 적막 속에서 이따금씩 작은 모래바람이 불어왔다. 세금징수원은 조금 전에 마셔버린 물통을 자꾸만 내려다보았다. 시간이 꽤 흐르고 난 다음에야 그가 중얼거렸다.

"괜히 마셨군."

"갈 길이 멀어요?"

노인은 늙고 피로한 얼굴로 고개를 끄덕였다. 침묵이 다시 찾아왔다. 사람들은 결국엔 전부 어딘가로 떠나버린다. 떠나지 않는 사람은 없다. 사람들은 일평생 떠나고, 떠나고, 또다른 곳으로 떠나기를 반복한다. 사람들은 마치 모래알처럼 바람에 쓸려왔다가 다시 바람에 쓸려 사라진다. 사람들은 어디에서도 한데 엉기지 못하고 부스스 흩어지는 모래 같았다. 소년은 만약 C의 애인이 돌아온다고 하더라도 별 도리가 없을 것이라고 생각했다. 그는 집으로 돌아가는 길을 잊었다. 어쩌면 C는 아직 기억하고 있을지도 모르지만, 그렇지 않다면, 그들은 다시 도시로 돌아가야 할 것이다. 모래평원에서 살 수는 없다.

"그런데 이 냄새는 어디서 나는 것이오? 도저히 못 참겠군."

그는 소년이 보여준 하이에나 사체를 보고 입을 딱 벌렸다. 세금징수원은 배낭에서 물통보다 조금 작은 통 하나를 꺼내왔다. 그는 그것을 휘발유라고 설명해주었다. 휘발유를 하이에나에게 뿌리고 불을 붙이자 삽시간에 불길이 치솟았다. 소년은 깜짝 놀라 뒤로 물러났다. 장작도 없이 타오른 불은 거침없이 하이에나를 먹어치웠다. 불 속에서 살이 통통하게 오른 구더기들이 툭툭 터지는 소리가 났다. 소년은 서서히 트렁크 밖으로 냄새를 피워올리기 시작한 사내를 기억해냈다. 세금징수원은 트렁크를 열어보고 입을 딱 벌렸다.

"이, 이 사람은 언제……"

차마 말을 잇지 못하는 그에게 소년이 사내와 있었던 일을 차근차근 설명해주었다. 세금징수원과 소년은 천으로 입과 코를 꽁꽁 싸매고 간신히 사내를 끌어냈다. 불타는 하이에나 사체 위로 사내를 던져넣었다. 사내 또한 금세 불길에 휩싸였다. 그들은 사내를 지켜볼 수 없었다. 불의 열기를 견디지 못하고 자동차 그늘로 돌아왔다. 바람이 세게 불었다.

"기차를 기다린다고 했소?"

소년은 고개를 끄덕였다. 기차를 실어올 수 없을 정도로 낡은 철길이 그들 앞에 드리워져 있었다.

태양이 지상의 모든 것들을 불태우겠다는 양 맹렬히 내리쬐었

다. 자동차 그늘 속도 무덥기는 마찬가지였지만 그 밖으로 털끝
이라도 나가면 뜨거워 견딜 수 없었다. 후끈후끈한 열기를 품은
바람이 불어닥쳤다. 살 타는 냄새, 불티가 튀어오르는 소리가 바
람에 실려왔다. 모래알에 반사된 빛무리가 시야를 어지럽게 했
다. 더할 나위 없이 더운 공기가 몸을 휘감았다. 목이 말랐다.
소년은 세금징수원의 물통을 훔쳐보았다. 도시에서 가져온 물.
도시에는 저 많은 물통을 가득 채울 만큼 충분한 물이 있었다.

"한번 물어나 봅시다. 기차는 왜 기다리시오?"

"기차를 타고 돌아온다고 해서요."

자동차 안을 흘긋 보았지만 C는 소년의 말을 듣지 못한 듯했
다. 그는 여전히 눈을 감고 있었다. 세금징수원은 잠시 침묵을
지켰다.

"누가?"

"아는 사람이요."

C에게는 허기도, 갈증도, 모래평원의 끔찍한 더위와 고통, 원
인을 알 수 없는 가려움증 같은 것들도 전부 버텨낼 수 있는 순
간이 있다. 그녀가 돌아오는 순간. 기차가 철길을 달려 단숨에
지평선을 타고 넘어 자신에게 도달하는 그 순간. C는 오직 그
순간만을 위해 모래평원에서 그녀를 기다리는 것이다. 하지만
모래평원을 견뎌낼 수 있는 사람은 없다. 결국 C는 선택해야 한
다. 모래평원에서 애인을 기다리다 죽든가, 도시로 그녀를 찾으

러 가든가. 하지만 소년은 C가 결코 도시로 가지 않으리라는 사실을 알았다. C가 철길을 떠나는 일은 없을 것이다. 도시를 아무리 경멸하고 증오하더라도, 그는 기차를 타고 돌아올 연인을 위해 계속 철길 위에 머무를 것이다. 소년은 그 모든 일들이 지겨워졌다. 모래평원 위에 군림하고 있는 절대적인 정적, 적막, 침묵들, 그것들이 소년을 짓이겼다. 그는 달아나고 싶었다. 소리들이 산지사방으로 튀어오르고 함부로 귓속으로 짓쳐드는 시끄럽고 소란스러운 곳으로.

"혹시 도시에 여자애 한 명이 오지 않았나요? 카우보이 모자를 쓴 젊은 남자나⋯⋯"

"모래평원에서 오는 사람들은 많소. 일일이 알 수도 없고 알 필요도 없지."

웅얼거리며 대답하던 세금징수원은 잠시 망설였다.

"애인이라도 기다리시오?"

소년은 대답하는 대신 C를 보았다. 그는 자는 듯 눈을 감고 있었지만 소년은 C가 잠들지 않았다는 사실을 깨달았다. 그는 잠을 잘 때도 가려운 곳을 벅벅 긁어대곤 했던 것이다. C는 지금 양손을 옆구리에 딱 붙인 채 미동도 하지 않고 있다. 그는 세금징수원에게 대답하지 않고 차 주인을 떠올렸다. 그는 세상에 혼자만 남은 듯한 기분을 이해한 것일지도 모른다. 그래서 여행을 그만두고 도시로 가버린 것일지도. 어쩌면 철길을 따라가다보면 지평선 끝에 닿을 것이라고 생각했을 수도 있다. 차 주인은 지평선의 끝을 찾길 포기했다. 소년은 알고 있었다. 그는 조금 피곤했을 거야. 평생 동안 여행만 했으니까. 그는 차 주인의 우는 얼굴을 떠올렸다. 그는 무서웠던 것이다. 평생을 찾아다녀도 지평선 끝을 만나지 못할까봐. 차 주인은 지평선 끝이란 없다는 것을 이미 알고 있었다. 그럼에도 무서웠던 것이다. 모든 것들이. 소년도 그 기분을 이해했다. 소년은 C와 함께 C의 애인을 기다리는 일이 벅차기 시작했다.

C는 혼자 살기 시작했을 때 애인을 만났다. 그녀는 새로운 집을 찾아다니고 있었고, C는 마지못해 그녀와 함께 살기로 결정했다. 처음에 그들은 전혀 어울리지 않는 것 같았다. 계절이 바뀌고 점차 시간이 흐르면서, 변화는, 감정들은, 미처 느끼지 못할 정도로 서서히 일어났다. 그리고 어느 날 그녀는 C의 애인이었다. C는 그녀의 애인이 되었다. 서로 그 말을 꺼낸 적은 없었지만 그들은 연인이었다. 어떤 위협도 없는 평범한 일상들이 흘렀다. 그들이 연인이 되기 전의 시간들조차 완벽했다. 소년은 무엇이 C의 애인을 불행하게 만들었는지 알 수 없었다. 그러나 이제는 그녀의 기분을 이해할 수 있었다.

세상에 나 홀로 남겨진 기분. 사방을 둘러봐도 보이는 것이라곤 고목의 그림자뿐, 불어드는 바람은 생기를 빼앗고, 머리 위의 태양은 그를 산 채로 불태울 듯 작열했다. 밤이면 뼛속까지 파고드는 매서운 바람에 웅크리고, 무심하게 내려다보는 별들을 증오하며 선잠이 들었다. 모래평원의 한가운데서 설명할 수 없는 기분에 사로잡혀 불안에 떨어야 했다. 표현할 수 없는, 가르쳐줄 수 없는, 막연한 곳에서 치밀고 올라오는 불안, 위협, 공포, 그것들은 소년이 잠시라도 몸을 누이면 어김없이 그를 잠식해왔다. 사람들은 전부 어디론가 떠난다. 사람들이 견딜 수 없는 것은 결국 그들 자신이다. 사람들은 자신으로부터 떠나는 것이다, 끊임없이, 평생 동안······

철길을 따라서 지평선으로 가버리는 그녀의 뒷모습은 금세 모래평원의 적막에 짓눌렸다. C의 애인은 뒤돌아보지 않았다. 멈추는 일도 없었다. 그녀는 철길이 가리키고 있는 곳으로 끝없이 걸음을 옮겼다. C는 그녀를 막지 못했다. 소년과 C는 그녀가 떠났을 때 이미 한 번 죽음과 가까워졌다. 그 후로 죽음은 그들의 곁을 줄곧 맴돌았다. 차 주인이 나타나지 않았다면 그들은 얼마 지나지 않아 죽었을 것이다. 하지만 차 주인마저 그들을 두고 도시로 떠났다. 철길은 C에게서 너무 많은 것을 빼앗아갔다. 텅 빈 하늘은 괴로울 정도로 파랬고 태양은 가차 없이 볕을 뿌렸다. 밤바람은 낮의 열기를 모조리 식힐 정도로 차가웠고 별빛 달빛은 환했으나 온기 없이 싸늘했다. 낮이나 밤이나 침묵이 그들을 짓눌렀다. 갈증 때문에 좀처럼 잠들 수도 없었다. 모래평원에서 계속 살아갈 수는 없다.

소년은 모래평원에 너무 오랫동안 머물렀다. 그는 집으로 돌아가는 길을 잊었다. 소년에게 남은 길이라곤 철길뿐이었다. 하지만 C에게는 그렇지 않을 것이다. C는 모래평원에 온 뒤 줄곧 애인만을 기다려왔다. 그녀가 돌아오는 순간만을 꿈꾸었다. 그러니까 집으로 돌아가는 길도 기억하고 있을 것이다. 그녀와 함께 집으로 돌아가는 상상만을 되새겼을 테니까. C는 여전히 애인이 떠난 이유를 이해하지 못할 테지만 집으로 가는 길만은 분명히 알고 있을 것이다. 소년은 그렇게 믿기로 했다.

"맞아요. 애인을 기다려요."

소년은 세금징수원에게 C의 애인과 차 주인에 대해 이야기했다. 세금징수원은 골똘히 들어주었다. 소년은 이상하게도 생각에 잠긴 그의 주름진 얼굴에 신뢰가 갔다.

"도시에 도착하면 그녀를 찾아봐주세요. 아직 여기서 기다리고 있다는 걸 알려줘요."

"만약 찾을 수 있다면 말을 전해주기는 하겠소. 그 차 주인이라는 사람에겐 할 말 없소?"

"차 주인은 돌아올까요?"

"아마 아닐 거요. 그 사람은 자기 여행을 여행이 아니라 방종이라고 생각한 모양이니까."

세금징수원은 대수롭지 않다는 듯 대꾸했다.

"저마다 힘든 일들이 있는 법이오."

날씨는 점점 더 지독해졌다. 태양은 하늘 꼭대기에서 밝고 뜨거운 빛을 내뿜었다. 한낮이었다. 햇볕은 시간이 지날수록 더욱 강렬하고 집요해졌다. 그 숨통을 죄는 더위와 허파까지 파고드는 열기는 익숙해질 수 없는 종류의 것이었다. 자동차의 그림자가 기울어 그 안에 몸을 웅크리고 있기가 점점 힘들어졌다. 잔뜩 열을 받은 철길에서 짙은 아지랑이가 피었다. 바람이 싣고 온 뜨거운 모래알이 입안에 굴러들어왔다. 눈을 깜박일 때마다 땀방울이 속눈썹에 대롱대롱 매달리고, 머리칼 속에서부터 흐른 땀이 턱 끝에서 뚝뚝 떨어졌다. 옷은 겨드랑이와 무릎 관절에 고인 땀 때문에 축축해졌다. 갈증이 점점 더 심해졌다. 혀로 입술을 훔쳐도 적셔지는 느낌이 없었다. 침조차 메말라가는 고통스런 갈증이었다. 세금징수원이 습관적으로 물통을 매만졌다. 물통의 존재를 잊어버리기 위해서인지 그가 다시 말을 꺼냈다.

"하지만 어떻게 돌아오겠단 말이오? 여기는 기차역이 없잖소."

"……"

"기차역도 없는데 기차를 타고 돌아오겠다고 했으면 다시 돌아오지 않겠다는 말 아니오?"

"모르겠어요. 돌아오겠다고 했으니 기다리고 있는 거예요."

소년은 이 말을 들은 C가 어떻게 생각할지 궁금했다. C는 정말로 애인이 돌아온다고 생각하는 걸까? 모든 일은 C의 애인이 떠나면서 시작되었다. 낯선 모래평원에서 기약 없는 기다림을 계속하는 것은 모두 그녀 때문이다. C가 원하든지 원치 않든지 그는 변할 수밖에 없다. 모래평원의 단서들은 점점 C와 그녀의 사이를 멀어지게 만들었다.

세금징수원은 매만지던 물통을 내려놓고 모래땅에 팽개쳐진 수첩을 집어왔다. 그는 수첩의 첫 부분부터 읽기 시작했다. 이따금씩 종잇장 넘기는 소리만 들릴 뿐 모래평원은 다시 고요함을 되찾았다. 소년은 세금징수원의 물통을 탐욕스러운 눈초리로 훔쳐보았다. 그는 나쁜 사람 같지는 않았다. 물을 달라고 하면 매정하게 거절할 것처럼 느껴지지는 않았다. 세금징수원은 수첩을 읽는 일에만 골몰해 있었다. 소년이 머릿속으로 갈등하고 있을 때 그가 수첩의 한 부분에서 눈살을 찌푸렸다. 빼곡하게 적혀 있는 글을 쭉 읽어내린 그가 소년에게 고개를 돌렸다. 소년은 얼른 물통에서 눈길을 거두며 세금징수원과 눈을 마주쳤다.

"혹시 개 한 마리 못 봤소?"

개는커녕 늑대도 본 적 없었다. 소년은 문득 C가 보았을지도 모른다는 생각이 들었다. 그렇지만 굳이 세금징수원을 피해 자동차에 숨어 있는 C에게 물어볼 필요는 없었다. 세금징수원은 소년의 대답을 듣고 몹시 근심스러운 기색을 띠었다. 그러자 그는 훨씬 더 늙고 추레해 보였다. 소년은 자고 있을 때 지나갔을지도 모른다고 위로했지만 세금징수원은 좀처럼 표정을 풀지 않았다.

"그 개가 사람을 보고도 그냥 지나쳤을 리 없소."

"우린 자동차 안에서 자니까 못 봤을지도 모르잖아요."

"설마 개가 사람 냄새를 모르고 지나치겠소?"

그는 퉁명스럽게 대꾸하곤 다시 수첩을 읽기 시작했다. 소년은 그를 방해하고 싶진 않았지만 궁금증을 참지 못하고 물었다.

"그 개가 왜요?"

"도시를 떠나기 일주일쯤 전에 개를 찾아달라는 부탁을 받았소. 아무래도 철길을 따라가버린 것 같다고 하더군. 개 주인이, 모래평원에서 길을 잃고 굶어 죽을지도 모른다며 잘 좀 찾아봐 달라고 몇 번을 부탁했다오. 나야 마침 모래평원으로 떠나는 참이라서 찾아보겠다고는 했소. 그런데 수첩에 그 부탁을 적어놓곤 여태 까맣게 잊고 지냈지 뭐요."

세금징수원이 걱정스럽게 서쪽을 바라보았다. 그가 계속 가야 할 방향이었다. 서쪽 지평선 너머까지 철길은 길게 이어져 있었지만 개는 보이지 않았다. 세금징수원은 수첩을 품속에 집어넣었다.

"여유 있게 여행할 만한 체력도 없는데, 이런 부탁까지 받았으니 오래 쉬고 있을 처지가 못 된다오. 불쌍한 개가 죽어버렸으면 그 소식을 어떻게 주인에게 전해주겠소."

내심 세금징수원이 더 오래 머물다 가길 바랐던 소년은 실망했다. 그는 오늘 밤도 지내지 않고 떠날 작정이었다. 소년은 하룻밤만 보내라고 권하는 대신 개를 찾아보겠다고 약속했다. 그는 개를 발견하면 잘 돌보고 있다가 세금징수원이 돌아가는 길에 돌려주겠다고 말했다. 세금징수원은 웃음 띤 얼굴로 고개를 끄덕였다. 세금징수원은 개가 죽었을 것이라고 믿는 모양이었다. 그의 얼굴은 웃고 있었지만 도통 생기가 없어 소년이 오히려 더 침울해졌다.

"그래서 앞으로 어떻게 할 작정이오?"

"글쎄요. 계속 기차를 기다려야지요."

"기차가 영원히 안 온다면 어쩔 셈이오? 영원히 여기에서 살 순 없잖소?"

세금징수원이 느린 어조로 물었다. 소년은 대답하지 못했다. C가 깨어 있었다면 어떤 대답을 했을지 궁금했다. 소년에게는 모래평원에 남아 기다리느냐, 도시로 떠나느냐, 두 가지 선택권밖에 없었다. 그는 집으로 돌아가는 길을 잊었으므로 소년에게 남겨진 길은 그뿐이었다. 결국 소년은 도시로 가게 될 것이다. 그렇지 않다면 모래평원에서 죽을 테니까. 하지만 소년은 C를 두고 떠날 수도 없었다. 소년은 그저 C가 변하길 바라는 수밖에 없었다. 그렇지 않다면 이 모래평원에 비라도 내리든가. 비가 내려 말라붙은 대지가 살아나고, 고목 대신 파릇한 새싹이 돋아나며, 맑디맑은 샘물이 고이고, 그래서 모래평원에 집을 짓고 그녀를 기다리면 될 것이다. 소년은 텅 빈 하늘을 올려다보았다. 비구름은 영영 끼지 않을 듯이 새파랬다. 모래폭풍이 비구름도 함께 몰고 올까? 소년은 지평선을 둘러보았다. 어디에도 모래폭풍의 조짐은 보이지 않았다.

"비라도 내리면 계속 기다릴 수 있을 텐데요."

소년이 느지막이 대꾸하자 노인이 고개를 끄덕였다. 그가 소매 끝을 끌어당겨 이마의 땀을 닦으며 입을 열었다. 그의 지친 음색조차도 더위에 녹아 흘러내리는 것만 같았다.

"그렇지. 비가 오지 않게 된 지도 오래되었소."

기대고 있기 뜨거워져 그들은 자동차에서 등을 뗐다. 자동차의 그림자는 극히 짧아져 몸을 그늘에 가릴 수 없었다. 세금징수원은 허리를 구부정하게 굽히고 앉아 멍하니 하늘을 올려다보았다. 입을 살짝 벌린 채 그는 연신 고개를 끄덕거렸다. 소년도 덩달아 고개를 젖히고 하늘을 바라보았다. 영원히 그 자리에 그대로 남아 있을 듯한, 아무런 변화도 없는 하늘이었다. 하늘은 마치 거대한 그림처럼 느껴졌다. 매일 아침, 눈을 뜨면 어제와 털끝만치도 다름없는 하늘이 펼쳐져 있었다. 매일 뜨거운 햇볕이 쏟아지고 척박한 모래땅은 시간이 흐를수록 점점 더 메말라 갔다. 절망감조차 덮쳐버리는 변함없이 거대한 하늘이었다. 소년은 모래평원의 하늘이 다른 모습을 하고 있는 것을 한 번도 보지 못했다. 만약 모래폭풍이 불어닥치면 그땐 모래평원의 다른 모습을 볼 수 있을 것이다. 세금징수원은 고개를 숙이고 목을 주물렀다.

"비가 내리면 기다리기 편하기는 하겠군. 적어도 물은 양껏 마실 수 있을 테니 말이오."

"그럴 거예요. 비가 내리면 모래평원도 변하겠지요."

집으로 돌아가는 길을 잊었어도 걱정이 없다. 모래평원에 비가 내린다면 그것으로 이미 숲의 집으로 돌아간 것과 마찬가지일 것이다. 비가 내린다면 모래평원과 도시, 둘 모두 선택하지 않아도 된다. 소년은 땅김으로 뒤덮인 모래평원을 바라보았다. 땅김 대신 푸릇한 풀꽃으로 뒤덮이고, 열기 대신 아침마다 말간 이슬이 맺히는 모습을 상상했다. 그곳에 두고 온 집처럼 아늑한 집을 짓는 것이다. 모래평원이 변하면 C의 애인은 도시에서 다시 돌아올지도 모른다. 소년은 그 생각에 푹 빠져 모래평원을 바라보았다.

"지금 생각해보니 나는 비가 언제 내렸는지도 기억이 나지 않소. 내가 어렸을 때는 자주 왔던 것 같은데."

세금징수원이 문득 생각났다는 듯 말했다. 오랫동안 비를 맞지 않은 것치곤 심하게 더위를 타는 편이었다. 그는 습관적으로 물통을 만지작거렸다. 자신조차도 의문스럽다는 듯 아리송한 표정이었다.

"도시에서는 모래평원에서만큼 날씨가 별로 중요하지 않소. 신경 쓸 다른 중요한 일들이 더 많으니까. 바쁘게 지내다보니

그러려니 하며 잊고 지냈던 모양이오. 지금 생각해보니 나도 이 상하군. 어떻게 날씨를 잊고 지냈지?"

소년은 도시로 가고 싶은 갈망을 채 감추지 못했다. 그는 세금징수원에게 도시에 대해 더 말해달라고 졸랐다. 중요한 일이 대체 무엇이었냐고 묻자, 세금징수원은 어깨를 으쓱하면서 대꾸했다.

"굳이 말로 하자면 이런 것들이오. 글씨를 쓰거나 그림을 그리거나, 종일 달리거나 헤엄치거나, 아니면 뭔가를 때리거나 죽이거나 하는 일들이오. 나만 해도 지금까지 비가 내려야 한다는 생각은 전혀 하지 않았소. 그저 빨리 일을 끝내고 싶다는 생각뿐이었지."

소년은 그가 무슨 말을 하는지 당최 이해가 가지 않았다. 세금징수원은 새삼스럽게 모래평원을 둘러보았다. 그가 모래 한 줌을 움켜쥐며 중얼거렸다. 맙소사, 모래평원이 정말 넓구면…… 그는 혼란스러운 듯 주먹을 폈다. 거칠고 마른 모래알이 손바닥 위에 소복하게 쌓여 있었다. 그는 모래알을 유심히 살펴보았다. 바람이 느릿느릿 불어와 세금징수원의 손바닥을 슬그머니 훔치고 지나갔다. 모래알이 부스스 떨어져 뜨거운 땅바닥 위로 흩어졌다. 세금징수원은 손을 털며 땀을 훔쳤다. 그는 하늘을 올려다보았다가 눈이 부셔 얼른 고개를 숙였다. 태양이 저렇게 밝게 빛났는지, 이토록 뜨겁게 불타올랐는지, 전혀 의식하지 못했던 것이다. 하늘은 놀라울 정도로 푸르렀고 또 공허했다. 무심코 지나치던 고목들은 을씨년스레 자신을 지켜보고 있었다. 깊은 밤에도 손가락이 보이고, 자신의 그림자가 보였던 것은 모두 밝은 달빛 별빛 때문이었다. 세금징수원은 그 모든 것들이 자신과 매우 가까이 있음을 깨달았다.

대꾼한 눈길로 모래평원을 둘러보던 세금징수원의 시선이 지평선 너머에서 멎었다. 그는 아지랑이로 뒤덮여 흐릿하게 휘어져 보이는 지평선에서 눈을 떼지 않고 말했다.

"집배원에게 들어 알겠지만 곧 모래폭풍이 온다고 그랬소. 조심하시오. 전에 없이 큰 놈이라고들 하더이다. 지금처럼 여기 태평하게 머무르고 있을 때가 아니오. 누굴 기다리려거든 모래폭풍부터 피하고 난 다음에 생각해보시오."

소년은 은연중 모래폭풍이 비구름을 몰고 오지 않을까 기대했다. 모래평원에 비꽃이 피고 물웅덩이가 고인다고 생각하자 설레기까지 했다. 소년은 사방의 지평선을 둘러보았다. 아직까지 지평선 어디에서도 모래폭풍이 나타날 기미는 보이지 않았다. 그럼에도 금방이라도 모래폭풍이 지평선 너머에서 모습을 드러낼 것 같았다. 비구름에 기뻐할 새도 없이, 소년은 모래폭풍에 휩쓸려 죽을 것이다. 소년은 실망스러운 얼굴로 고개를 떨어뜨렸다. 모래폭풍은 아무것도 바꾸지 못한다. 소년은 여전히 모래평원과 도시의 갈림길에 멍청히 서서 C만 쳐다보고 있어야 했다.

"모래폭풍이 오기 전까지 피할 시간은 남았소. 나도 모래폭풍이 들이닥치기 전에 빨리 서쪽 도시에 도착해야 한다오. 당신도 서두르는 것이 좋을 거요."

세금징수원은 물통을 다시 허리에 매달았다. 소년은 지금, 그에게 물을 얻어야 한다고 생각했지만 결국 입을 열지 못했다. 그동안에 노인은 부지런히 움직여 짐 가방을 싸매고 떠날 채비를 마쳤다.

"참, 그 사내의 총은 어디에 뒀소? 혹여 위험한 일이 생길지도 모르니까 갖고 있는 편이 좋겠소."

"트렁크 안에 있어요."

그들은 다시 코와 입을 꽁꽁 싸매고 트렁크를 열었다. 트렁크에는 여전히 고약한 냄새가 빠지지 않고 배어 있었다. 세금징수원은 지저분한 트렁크 속에서 사내의 지갑을 발견했다. 지갑에는 신분증이 있었다. 세금징수원은 좀 전에는 쳐다볼 엄두도 못 냈던 사내의 얼굴을 보았다. 그는 그 얼굴이 무척 낯익다고 생각했다. 한참 동안 머리를 굴리던 세금징수원은 곧 사내를 신문에서 보았음을 깨달았다. 며칠 동안 여러 신문의 1면을 장식한 기사였다. 강도였던가, 뭐였던가, 아무튼 뭔가를 훔쳐 달아났던 것만은 분명했다. 듣기로는 부잣집 도련님이었는데 무엇을 욕심내서 훔쳤는지. 세금징수원은 혀를 차며 지갑을 트렁크 안에 던졌다. 사람의 욕심이란 끝이 없는 법이다. 그는 신분증만 주머니에 쑤셔넣었다. 어쨌든 경찰에 신고는 해야 했기 때문이다. 세금징수원이 소년에게 사내에 대해 말하자 소년은 고개를 갸웃했다.

"값나가는 걸 갖고 있지는 않았는데요."

"글쎄, 뭔가 훔치긴 했는데, 나도 죽을 때가 다 된 모양인지, 영 기억이 나지 않는다오."

소년은 문득 짚이는 데가 있었다.

"혹시 콜라라는 것 아닌가요?"

"콜라? 콜라는 값싼 것이오. 요란하게 훔칠 가치가 없지."

소년은 곧 총을 찾아내 허리춤에 대충 쑤셔넣고는 트렁크에서 멀찍이 떨어졌다. 세금징수원도 더이상 냄새를 참고 있기는 고역이라, 배낭을 메고 떠날 준비를 했다. 세금징수원은 철길 옆에 덩그러니 서 있는 자동차 두 대를 돌아보았다. 한 대는 온통 모래먼지로 뒤덮여 지저분하기 짝이 없었다. 꽤 오랜 시간 동안 모래평원에 방치되어 있던 것이 틀림없었다. 경박한 노란색으로 칠해진 다른 차는 많이 더럽지는 않았지만 여기저기 핏자국이 묻어 있어 불길해 보였다. 무엇보다도 트렁크에서 나는 그 고약한 냄새란…… 세금징수원은 노란색 차가 남긴 어지러운 바퀴자국을 돌아보곤 고개를 설레설레 저었다. 소년에게도 저 나름의 사정이 있는 모양이었지만 그는 캐묻지 않기로 했다. 그는 떠날 사람이고, 소년 또한 곧 잊힐 것이다.

"당신은 언제부터 모래평원에 있었소?"

"그녀가 떠났을 때부터요."

"그러니까 그녀가 언제 떠났느냔 말이오."

"그게……"

세금징수원은 소년을 물끄러미 쳐다보았다. 소년이 악의 없는 눈빛으로 시선을 마주했다. 그는 배낭을 고쳐 멨다.

"모래평원엔 언제까지 있을 참이오?"

"그녀가 돌아올 때까지요."

"기차는 오래전에 끊겼잖소."

어리둥절한 표정을 짓는 소년을 보고, 세금징수원은 그가 정말로 기차가 끊겼다는 사실을 몰랐음을 깨달았다. 기차가 모래평원을 오가지 않게 된 것은 벌써 오래전의 일이었다. 아직도 그 사실을 모르고 있는 사람이 있을 줄은 그도 전혀 생각하지 못했다. 세금징수원의 일은 그저 명목상일 뿐, 그가 죽게 되면 철길의 세금징수원이란 직업은 완전히 사라지고 말 것이다. 소년은 말없이 철길만을 뚫어져라 응시했다. 세금징수원은 떠나야 할 때라고 생각했다. 그는 서쪽 지평선을 물끄러미 바라보다가 불쑥 물었다.

"나와 함께 떠나겠소?"

철길에서 눈을 뗀 소년은 무심코 자동차를 돌아보았다. 어느새 눈을 뜬 C가 차창 너머로 소년을 바라보고 있었다. C는 눈을 천천히 깜빡였다. 소년과 C는 짧은 순간 서로를 빤히 쳐다보았다. 소년은 C가 결코 철길 위를 떠나지 않으리란 것을 확신했다. 소년은 여전히 철길과 모래평원 위에서 C의 대답만 기다리고 있을 것이다. 오랫동안 침묵이 흘렀고, 세금징수원은 소년의 대답을 기다리지 않았다. 그는 서쪽을 향해 천천히 걸음을 옮겼다. 소년은 그를 뒤따라갔다. 그는 두세 걸음 내딛다 멈추더니, 하늘을 올려다보며 작게 중얼거렸다.

"콜라라도 한잔 마시고 싶소."

소년은 여전히 콜라가 무엇인지 알 수 없었다. 하지만 세금징수원이 몹시 목마른 표정을 짓고 있음을 알아챘다. 그는 더 늙고, 지치고, 피로하고, 추레해 보였다. 그렇지만 그 표정은 평생 그를 따라다닌 듯 아주 익숙해 보이기도 했다.

세금징수원은 세금을 걷기 위해 철로를 따라 걷기 시작했다. 그는 C의 애인처럼 소년을 다시 돌아보지 않았다.

더이상 악취는 소년과 C를 괴롭히지 않았다. 여느 때와 마찬가지로 헐벗은 하늘에는 오로지 태양만이 위세를 떨쳤다. 공기마저 불탈 듯한 뜨거운 한낮이었다. 메마른 바람이 허리 꺾인 고목의 나뭇가지들을 음산하게 뒤흔들었다. 솟아오른 땅김으로 멀리 있는 죽은 나무들이 움직이는 것처럼 보였다. 지평선에 피어오른 아지랑이들이 하늘과 땅의 경계를 불분명하게 휘저었다.

여전히, 모래폭풍의 조짐은 보이지 않았다.

소년은 자동차 그늘 안에 드러누워 C를 지켜보았다. 오랫동안 똥을 누지 못한 C가 배를 감싸쥐고 철길 위를 걸어다녔다. C의 얼굴은 변비로 누르스름하게 떴다. 그는 여전히 가려움증을 떨쳐내지 못했다. 등의 한가운데를 힘겹게 긁는 C의 모습이 애처로울 지경이었다. 소년은 그를 불러세웠다. C가 땀을 뻘뻘 흘리며 소년을 돌아보았다. 소년은 C에 비하면 더위를 잘 견뎌내는 편이었다. C는 모래평원의 환경에 좀처럼 익숙해지지 못했다. 모래평원은 낮밤을 가리지 않고 더위는 더위대로, 추위는 추위대로 C를 몰아세웠다. C는 결국엔 죽을 것이다. 소년은 C를 앞에 앉혀놓고 그의 옷을 걷어올리며 생각했다. 척추뼈가 선명하게 돋아난 말라비틀어진 등은 생선 뼈다귀를 연상시켰다. 소년은 붉게 자국이 난 등을 살살 긁어주었다. C는 두 다리를 쭉 뻗고 앉아 멍하니 지평선을 바라보았다. 증오조차도 일순간 잊게 만드는, 물속에 가라앉은 듯한 무기력함이 C와 소년의 몸속 깊숙이 파고들었다.

"똥이 안 나와."

"먹은 게 없어서 그럴 거야."

소년은 어떤 것이 C를 더 고통스럽게 만드는지 궁금했다. 애인이 떠났다는 사실이 더 괴로울까, 아니면 변비, 굶주림, 갈증, 가려움증, 더위, 추위 따위를 견뎌내야 하는 모래평원의 삶이 더 고통스러울까. C는 모래평원에 온 이후 애인에 대해 추억하지 않았다. 소년은 C가 애인을 무엇 때문에 기다리고 있는지 점점 의아해졌다. 애인이 돌아온다 해도 전처럼 행복해질 수는 없을 것이다. 그녀와 함께 집으로 돌아가는 일이 이제는 아무 의미도 없는 것처럼 느껴졌다. 소년은 긁은 자국이 붉게 남은 C의 등을 보았다. 소년은 모든 것들이 모호하고 불안하게 느껴졌다.

"걔가 살아 있을 것 같아?"

소년은 못 들은 척 그의 등을 긁었다. C는 더욱 집요하게 물고 늘어졌다.

"그런 개는 살아남을 수 없어."

세금징수원이 떠나고 난 뒤 소년은 때때로 모래평원을 살폈다. 개를 찾기 위해서였다. 세금징수원은 이미 죽었다고 생각했지만 소년은 개를 찾는 일을 그만두지 않았다. 아침나절이나 해 질 녘에 그는 꽤 먼 곳까지 나가 개를 찾아다녔다. 그러나 개를 찾기 위해 걸으면 걸을수록 소년은 모래평원에 C와 자신, 둘만이 남은 것 같다는 생각을 떨쳐내기 힘들었다. 모래평원 어느 곳에나 적막은 소년을 파묻을 듯 무겁게 내려앉아 있었다.

"안 죽었어."

그는 한참 뒤에 대꾸했다. C가 곧장 받아쳤다.

"그럼 곧 죽겠지. 그런 개는 살아남을 수 없어. 사람 손에 길러진 것들은 원래 그래."

길이 든 동물은 모래평원에서 살아남지 못한다. 스스로 물을 구할 능력도 없을 뿐더러 무자비하고 냉혹한 모래평원에서 살아가는 법도 모른다. 맹렬히 내리쬐는 뙤약볕과 저녁 무렵부터 모질게 불어치는 매운바람을 견뎌낼 여력도 없다. 개는 물을 발견하기도 전에 탈수증으로 죽었을 것이다. 그렇지도 않다면 모래평원의 하이에나들이나 늑대들에게 공격당했을 가능성이 높았다. 맹수들이 먹다 남긴 사체 또한 솔개들이 깨끗하게 먹어치워 흔적조차 남지 않을 것이다. 그럼에도 소년은 C의 말을 인정하고 싶지 않았다. 그는 개가 살아 있을 것이란 생각을 꺾지 않았다.

C는 등을 만지는 소년의 손길을 뿌리치고 일어났다. 그는 다시 배를 감싸고 천천히 걷기 시작했다. C는 사내의 자동차로 다가가 트렁크를 열어보았다. 한참 동안 그 안을 들여다보던 C가 소년을 돌아보았다. 돌아서는 C의 손에는 눈부신 빛살을 내뿜는 돌멩이가 쥐어 있었다. 돌은 똑바로 쳐다보기 힘들 정도로 강렬한 빛을 반사시키며 반짝거렸다. C가 소년에게 그것을 던졌다. 줄곧 트렁크 안에 있던 돌멩이는 뜨끈뜨끈했다.

"그 돌은 뭐야?"

"총이랑 같이 갖고 있던 거야. 죽은 사내가."

"예뻐."

소년은 돌을 자동차 안에 던져넣었다. 돌은 의자 위에서 굴러떨어져 자동차 바닥 어딘가로 사라졌다. 소년은 그늘 속에 웅크렸다. C는 트렁크 안을 뒤적거리다 싫증이 났는지 트렁크를 닫았다. C는 배를 움켜쥐고 소년의 옆으로 다가왔다. C는 드러누운 소년의 머리맡에 앉아서 입을 열었다.

"개를 봤어."

C가 불쑥 입을 열었다. 그는 동쪽을 가리키며 말을 이었다.

"네가 돌아오기 전날 밤 저쪽에서 철길을 따라왔어. 그런데 내가 별로 마음에 들지 않았나봐."

C는 팔의 소매를 어깨까지 걷어올렸다. 개에게 물어뜯긴 끔찍한 상처가 있었다. 소년이 땅바닥에서 벌떡 일어났다. 그가 제대로 상처를 들여다보려고 하자 C가 재빨리 팔을 끌어당겨 감추었다.

"내가 여기 누워서 움직이지 않으니까 와서 물어버리더라고. 그러곤 그냥 가버렸어."

"왜 자동차 안에 있지 않았는데?"

"네가 언제쯤 올까 궁금해서 기다리고 있었어."

소년은 아무 말도 할 수 없었다. 그는 서쪽을 바라보고 있는 C의 팔을 낚아챘다. 끔찍한 상처였다. 물린 지 얼마 되지 않아 이빨 자국이 선명했다. 검붉은 피딱지가 너덜거리고, 곪아 터진 환부에서 누렇게 진물이 흐르다 굳었다. 고통을 어떻게 삼켜냈는지 이해할 수 없을 정도로 그 상처는, 도저히 숨길 수 없을 만큼 깊은 것이었다. 소년은 도시에 대한 C의 증오에 한 걸음 가까워진 기분이었다. C의 애인은 도시로 떠나버렸고, 도시에서 온 개는 다짜고짜 그를 물어버렸다. 지평선 너머, 철길의 끝에 버티고 있는 것은 불친절하기 짝이 없다. 소년은 벌떡 일어나 자동차에서 물통을 꺼내왔다. 그가 상처를 씻기 위해 물통을 열자 C가 팔을 비틀어 빼냈다.

"물 모자란다며."

"나랑 유랑민에게 가자. 치료해줄 거야."

"싫어. 우리가 떠난 동안에 기차가 올지도 몰라."

"기차는 안 와!"

오랜 시간 동안, 그들이 상상할 수 없을 정도로 오래 모래평원을 지배했던 정적이 산산이 조각나는 것 같았다. 불현듯 갈증이 떠올랐다. 목이 타는 듯이 말라왔다. 소년은 마른 침을 삼켰다. 그 찰나가 지나가고 모래평원에는 다시 침묵이 물밀듯이 몰려들었다. 햇볕은 내리쬐고, 바람은 불어오고, 갈증은 목을 죄어오며, 침묵은 무거워졌다. 철길 어디에서도 기차가 올 조짐은 보이지 않는다. 그러나 모래평원을 둘러싼 불안은 언제든 모래폭풍이 되어 덮쳐올 듯했다. 뜨거운 바람이 위협적으로 불어와 머리칼을 휘날렸다. 소년은 결국 물통을 닫았다. C는 힘겹게 등을 긁었다.

"목이 말라."

"결국엔 도시로 가게 될 거야."

그들은 물이 가득 담긴 물통을 바라보았다. 처음에는 거칠었던 가죽 물통이 이제는 반질반질하게 윤이 났다. 그 안에는 결코 시원하지는 않을, 오히려 더욱 갈증을 일으킬 물이 가득 채워져 있었으나, 그들은 마실 수 없었다. 소년은 콧등의 땀을 문질러 닦았다. 입안은 바싹 말라붙었고 온몸의 수분은 모두 땀으로 빠져나갔다. 눈에도 물기라곤 한 점 없어 눈을 깜빡이기조차 뻑뻑했다. 소년은 눈을 비볐다. 태양과 모래와 적막이 증오스러웠다. 그는 숨을 삼켰다. 목소리가 나오지 않았다.

"그 개가 날 물 줄 몰랐어."

눈물을 흘리던 사내가 떠올랐다. 죽을 수 없어, 이런 곳에서, 혼자, 죽을 수는 없어, 살고 싶어…… 거칠게 갈라지던 사내의 외침이 귀에 쟁쟁했다. 이런 곳에서, 혼자. 소년은 C를 버리고 달아날 수 없었다. 그는 그늘 안에 웅크리고 앉은 C를 바라보았다. C의 눈길은 철길의 저편, 동쪽 지평선 너머의 어느 곳인가를 훑고 있었다. 살아남기 위해 모래평원에 와서 C는 죽어가고 있었다. 돌아오지 않을 그의 애인을 기다리며. 소년은 힘겹게 등을 긁는 C의 손을 치웠다. 그는 천천히 C의 등을 만졌다. 등의 살결은 옷에 가려져 집에 살 때처럼 희었다. 그 가운데에 거칠게 긁은 붉은 자국이 있었다.

"개는 죽었을 거야."

C가 되풀이해 말했다. 소년은 말없이 그의 등만 쓰다듬었다.

"그런 개는 살지 못해."

오전과 오후를 나누는 기준은 태양의 열기다. 소년은 철길의 나무 판자에 주저앉아 멍하니 모래땅을 내려다보았다. 턱 끝에서 땀방울이 뚝뚝 떨어져 척박한 모래땅에 천천히 번졌다. 땀이 마르는 시간이 빨라질수록 그림자도 점차 짧아졌다. 지독한 낮이다. 그는 땀방울이 덧없이 말라버리는 것을 지켜보다가 고개를 들었다. 뺨이 홧홧했다. 지평선 너머는 땅김으로 흐릿했다. 텅 빈 땅에 낡은 철길 하나만 덩그러니 버티고 서, 지평선 끝과 소년을 잇고 있었다. 소년은 철길에 놓인 나무 판자들을 세어나가기 시작했다. 그러나 눈부신 햇빛과 아지랑이들 때문에 곧 포기했다. 지평선 저편에서부터 소년에게까지, 철길의 나무 판자는 완벽하게 규칙적으로 되풀이되었다. 그것은 몹시 낡았으나 조금의 흐트러짐 없이 크기도 모양도 자로 잰 듯 똑같다. 소년은 누가 모래평원에 이 긴 철길을 놓아, 서로 반대편에 있는 멀고 먼 도시에 닿으려고 했는지 궁금해졌다.

얼굴이 창백한 C가 앓는 소리를 냈다. 그는 오늘도 변을 보지 못했다. 돌아다닐 기운도 없는 모양인지 C는 사내의 자동차 그늘에 드러누워 꼼짝도 하지 않았다. 소년은 망설이다가 그의 옆으로 다가갔다. 소년은 오늘 밤 유랑민들을 찾아나설 작정이었다. 유랑민들에게 약을 얻어오기 위해서였다. C의 상처는 가만

히 내버려둘 수 없을 정도로 심했다. 게다가 가려움증이 상처가
난 팔에 생겨, C는 긁지도 못하고 끙끙거리며 상처를 살폈다.
그의 상처가 또 덧났다. 딱지가 물렁물렁해지더니 누렇게 고름
이 고였다.

그는 상처 때문에 잠을 설쳤다. 소년이 추위를 이기지 못하고
눈을 뜬 새벽녘이었다. 돌아누운 C의 어깨가 떨리고 있었다. 악
몽을 꾸고 있는 듯 땀으로 푹 젖은 그의 등이 보였다. 소년은 흘
러내린 담요를 덮어주기 위해 손을 뻗었다가 그대로 얼어붙은
듯 멈추었다. C에게서 가는 신음이 흘러나왔다. 그는 상처 입은
팔을 세게 움켜쥔 채 통증을 참고 있었다. 소년은 모른 척 손을
거둘 수밖에 없었다. 새벽의 찬 공기를 몰아내고, 찬란한 빛을
내뿜으며 떠오른 태양이 그들의 자동차 안까지 황금빛 볕을 내
리쬘 때까지, 창백한 그들의 뺨에 붉게 홍조가 들 때까지, C도
소년도 다시 잠들지 못하고 뒤척였다.

소년의 눈길을 느낀 C가 고개를 들었다. 그는 팔의 상처를 가
렸다.

"불빛이 꺼진 것 알아?"

소년은 고개를 끄덕였다. 까맣게 잊고 있었던 헤드라이트 불
빛이 어느새 꺼졌던 것이다. 그러나 사내의 핏자국은 여전히 딱
딱한 모래땅에 짙붉게 남아 있었다. 비가 내리지 않는 모래평원
에서는 어떤 것의 흔적이든 쉽게 사라지지 않는다. 모래알은 돌

덩이처럼 제자리에 버티고 있고 사내의 피는 그 고집스러운 땅에 스며들었다. 아주 오랫동안 그 핏자국은 지워지지 않을 것이다.

"언제 꺼졌는지도 모르겠어."

"이게 낫기는 할까?"

소년이 C의 말을 자르며 상처 난 팔을 끌어당겼다. C는 팔에 제대로 힘을 주지도 못했다.

"낫기야 낫겠지."

C는 굳이 말을 잇지 않았다. 다시 팔을 못 쓰게 될지도 몰랐다. 아니, 소년은 이미 그가 다시는 팔을 쓰지 못할 것이라고 확신했다. 그의 상처는 죽은 사내의 육신처럼 비참하게 썩어들어 갈 것이다. 상처는 C의 몸을 점점 잠식해나가 결국에는 그의 온몸을 병들고 썩게 만들리라…… 죽음은 매순간마다 얼굴을 바꾸어 그들의 주변을 맴돌았다. 찰나의 틈이라도 보이면 솔개처럼 맹렬히 파고들어 목숨을 앗아가기 위해. 소년은 C의 팔을 놓지 않았다.

"다시 유랑민들에게 갈게."

"네가 떠날 줄 알았다면 상처를 보여주지 않았을 텐데."

또다시 먹먹한 기분이 밀려들었다. 소년은 입을 열었지만 아무 말도 하지 못하고 다시 입을 다물었다. 그는 모래를 한 움큼 삼킨 것처럼 목이 메어왔다. 혓바닥이 깔깔했고, 말라붙은 목구멍이 따끔거렸다. 모래알이 폐를 가득 메운 것처럼 숨이 막혔다.

뜨거운 열기가 목덜미를 핥았다. 소년은 말없이 한참 동안 C를 바라보기만 했다. C는 고개를 축 늘어뜨린 채 이따금씩 등을 긁었다. 불볕이 마치 벼락처럼 그들의 머리 위로 내리쬐었다. 해가 저물면 소년은 떠날 것이다. 그는 한참 후에야 겨우 목소리를 낼 수 있었다.

"물도 모자라니까."

"……"

"약이랑, 물, 음식도 얻어올게."

"……"

"오늘 밤에 떠날 거야. 달이 차기 전에 돌아올게."

"네가 돌아오지 않을까봐 무서워."

공허한 모래평원에서 C의 작은 속삭임이 마치 거대한 울림처럼 느껴졌다. 오래전에 죽어 썩어가는 고목들조차 그의 목소리를 귀 기울여 듣는 것 같았다. 소년은 몸을 일으켰다. 그의 그림자가 C의 몸 위로 드리워졌다. C의 몸은 작고 좁은 그림자와 겹쳐져 그대로 어둠 속으로 푹 꺼져버릴 듯 보였다. 소년은 그의 뜨거운 머리카락 위에 손을 얹었다. 소년의 그림자도 손을 들어 C의 몸속으로 사라졌다.

"이젠 자동차 안에서 기다려."

그럼에도 소년은, C가 자동차 밖에서 자신을 기다릴 것이라고 생각했다. 그는 자신이 돌아왔을 때 C가 죽어 있을 것만 같았다. 소년은 C의 옆에 주저앉아 그의 등을 긁어주었다. C가 팔을 축 늘어뜨렸다. 체념한 듯도 하고, 더위에 지친 듯도 한, 흐린 표정으로 C는 모래평원의 광막한, 시야에 차마 다 담아낼 수도 없는 지평선을 바라보았다.

"세금징수원이 그녀를 찾아준댔어?"

"우리가 기다리고 있다고 전해주겠대."

그는 노인의 주름진 얼굴을 떠올렸다. 동정, 연민 따위의 것들이 뒤얽힌 눈빛으로 약속하던 세금징수원, 그는 지금쯤 모래평원의 어디쯤 닿았을까. 소년은 문득 그의 작은 수첩이 생각났다. 무엇인가가 빼곡하게 적혀 있던 그의 수첩에 C와 C의 애인 이야기도 적혔을 것이다. 개 주인의 부탁이 소상히 적혀 있던 그대로, C와 그녀에 대한 이야기가 수첩 한 장을 차지한 모습은 상상하기 어렵지 않았다. C의 고통스러운 기다림은 그렇게 한 장, 한 줄로도 정리될 수 있는 것이었다. 어쩌면 C의 애인은 세금징수원으로부터 단 한마디만 전해 들을지도 몰랐다. 당신의 애인이 모래평원에서 기다리고 있어요. 그 한마디로는 C의 기다림이 모두 설명되지 않는다. 그럼에도 그 한마디가 충분하기도 했다. 소년은 C의 이야기가 수첩에서 얼마나 자리를 차지하고 있는지 궁금해졌다.

그때, 오랜 침묵을 깨고 C가 중얼거렸다.

"그럼 넌 도시로는 가지 마."

소년은 대답하지 않았다. 그의 손길은 여전히 C의 등 위에 머물렀다. 고요한 한낮의 햇발이 그들의 머리 위로 쏟아졌다. 밤이 되기에는 아직 멀기도, 가깝기도 한, 여느 때와 다름 없는 오후가 굼뜨게 지나가고 있었다. 침묵이 깊게 자리 잡아 모래평원에는 다시금 적막이 도래했다.

경찰관

숨이 턱 끝까지 차올랐다. 머리가 빙빙 돌아 한 걸음을 내디
딜 때마다 구역질이 치밀었다. 끝없이 되풀이되는 풍경들 때문
에 미쳐버릴 것 같았다. 창백한 하늘과 태양, 죽은 나무들, 끝이
보이지 않는 철길, 텅 빈 지평선, 그리고 귀머거리가 된 듯한 착
각을 불러일으키는 거대한 고요…… 한 걸음도 더 내디딜 수 없
었다. 경찰관은 철길 위에 드러누웠다. 이대로 말라죽을 것만 같
았다. 경찰관은 공포에 휩싸인 채 눈을 감았다. 햇빛은 눈꺼풀
안까지 파고들어와 어둠을 몰아냈다. 그는 고통스럽게 다시 눈
을 떴다. 강렬한 햇볕이 뺨을 훑었다. 태양은 불타올랐다. 말 그
대로, 한순간도 쉬지 않고 맹렬히 불타올랐다. 경찰관은 더는 그
햇볕을 참아낼 수 없었다. 그는 몸을 일으켜 다시 걷기 시작했
다. 사방을 둘러봐도 그는 여전히 모래평원 안을 벗어나지 못했

다. 서쪽 도시에 닿기 전까지 이 모래평원은 지겹도록 계속될 것이다.

말을 잃은 것은 예상치 못한 일이었다. 아니, 애초에 자동차로 도망친 범인을 말을 타고 쫓으라는 것부터가 말도 안 되는 명령이었다. 그러나 시市에서 끝내 허가를 내주지 않았다. 기차가 끊긴 것이 언젯적 일인데 아직도 고리타분한 법률 타령을 하는 것이다. 모래평원 안으로는 기차를 제외하고는 그 어떤 차량도 들어갈 수 없다는 법률이었다. 경찰관은 이를 갈며 걸음을 옮겼다. 게다가 이제 곧 모래폭풍이 온다. 모래폭풍은 삽시간에 모래평원의 모든 것들을 파괴할 것이다. 파괴할 것이 남아 있는지조차 의문이지만 이 삭막한 땅덩어리가 더욱더 황폐해질 것은 분명했다. 경찰관은 땀을 닦으며 배낭끈을 조였다. 걷고 걸어도 지평선이 가까워지지 않았다. 도시가 나타날 낌새는 어디에도 보이지 않았다.

모래평원에 나선 지 이틀째 되는 밤, 말이 죽었다. 그는 왜 말이 이틀도 버티지 못하고 죽었는지 알 수 없었다. 그러고 보면 집배원 소녀는 말을 타고 모래평원을 잘도 여행한다. 경찰관은 주근깨로 가득한 소녀의 얼굴을 떠올렸다. 모래평원의 햇빛에 검게 탄 못난 얼굴이었다. 집배원 일은 보수조차 시원찮았다. 못생긴 여자애들이 할 만한 일이지. 그는 악의 없이 생각했다. 하지만 말을 다루는 수완은 제법인 모양이었다. 소녀는 매번 말을 타고 모래평원을 오갔으니까. 경찰관은 배낭이 더욱 무거워지는 기분이었다. 배낭끈이 어깨를 파고들었다. 망할 놈의 말만 죽지 않았더라면. 경찰관은 태어나 이토록 무거운 짐을 진 것은 처음이었다. 배낭을 버려두고 떠날 수도 없었다. 언제 서쪽 도시가 나타날지도 모르는 상황에 배낭은 그의 생명이나 마찬가지였다. 얼마 남지 않은 물과 식량이라도 모래평원에서는 다이아몬드와도 바꿀 수 없는 값진 것이었으니까.

다이아몬드! 몇 주 동안 사람들을 떠들썩하게 만들고, 신문 1면을 차지했던, 가장 값진 보석. 경찰관은 아직도 자신이 신문으로만 읽던 사건에 참여했다는 사실이 실감나지 않았다. 특히 보석과는 전혀 무관한 모래평원을 헤매고 있는 지금은 더욱. 그는 도시의 변두리에 살며 이주민들을 관리했다. 도시 밖으로 나가려는 이주민이 불법을 저지르진 않았는지 조사하는 일이었다. 그중에서도 대개 그가 하는 일은 도주중인 범죄자들이 모래평원으로 달아나지 못하도록 막는 것이었다. 그의 일은 극적인 면이 별로 없었다. 모래평원으로 달아나려는 어리석은 범죄자는 생각보다 그리 많지 않았다. 모래평원으로 달아난다고 하더라도 결국은 심판을 받게 될 것이기 때문이다. 범죄자들이 더위와 추위, 갈증과 허기, 그 모든 것들을 견디며 서쪽 도시에 닿을 가능성은 전혀 없었다. 단 한 명, 그 사내를 제외하고는.

경찰관은 별다를 것 없는 하루를 보냈다. 모래폭풍이 온다는 소식으로 도시엔 잠시 소란이 일었다. 며칠 전 집배원 소녀는 사람들의 걱정 속에서 서쪽으로 떠났고, 이주민들의 발길도 차츰 줄어들기 시작하더니 종내에는 완전히 끊겼다. 신문은 이제 더는 다이아몬드에 대해 떠들어대지 않았다. 이제 곧 모래평원으로 떠날 계획인 세금징수원이 서류를 제출하러 오후 늦게 찾아왔다. 그는 퇴직할 나이를 한참 넘기고도 고집스럽게 일을 했다. 경찰관은 그와 일 이외의 대화를 나눠본 적은 없었지만 내심 노인에게 호감을 갖고 있었다. 그는 모험이나 도전 따위의 행동에 막연한 동경을 보냈다. 세금징수원은 두려움 없이 모래평원을 여행할 정도로 대담한 노인이었고 그런 점들이 경찰관에게 깊은 인상을 남겼다.

날은 금세 저물었다. 경찰관은 야간 보초 근무 때문에 텅 빈 관문 초소에 홀로 남았다. 그는 관문 밖으로 황량한 땅을 바라보고 있었다. 나무들이 듬성듬성 서 있는 땅은 텅 비어 을씨년스러웠다. 관문에서 조금 더 나가면 모래평원이 나타난다. 모래평원이 시작하는 지점이자 끝나는 지점에 폐쇄된 기차역과 철길이 있었다. 이주민들은 그 철길을 따라 도시까지 긴 여정을 떠났다. 경찰관은 한 번도 관문 밖으로 나가본 적이 없었다. 그에게 모래평원은 미지의 땅, 혹독하고 험난한 고난의 땅, 무엇보다도 수수께끼를 가진 신비의 땅이었다. 그는 모래평원의 하늘과 태양, 바람, 모래알을 꿈꾸었다. 바깥을 내다볼 수 있는 작은 창문만 난 좁은 관문에서 그 바깥의 세상, 도시 경계선 너머의 세상은 충분히 매력적이었다. 이주민들이 말하는 끔찍스런 날씨, 갈증, 허기짐 따위는 실감 나지 않았다. 오히려 그들이 말하는 극한의 상황들이 그의 상상에 극적인 분위기를 불어넣었다.

바깥을 향해 난 관문의 좁은 창문을 내다볼 때마다 경찰관은 가슴이 설렜다. 불안한 듯이, 기대감에 찬, 그러나 체념 섞인 갈망이 가슴속에서 난폭하게 날뛰었다. 누군가 가슴 한복판에 끝이 벌겋게 달아오른 불쏘시개를 꽂아넣은 것 같았다. 그는 관문 밖으로 뛰쳐나가, 미친 듯이 내리쬔다는 강렬한 햇볕에 몸을 내던지고 싶었다. 끝없이 되풀이되는 모래평원의 지평선을 향해 온몸, 온 심장을 불태우며 달리고 싶었다. 경찰관은 창틀을 꽉 움켜쥔 채 그런 생각에 사로잡혔다. 손가락 마디마디가 새하얗게 변하도록 오랫동안 모래평원에 대한 공상에 잠겨 있었다. 하지만 늘 그렇듯 그런 상상의 나래가 끝나면 경찰관은 겉옷을 챙기고 집으로 향했다. 때가 까뭇하게 탄 셔츠 소매를 내려다보며, 오늘은 빨래부터 해야겠다고 마음먹고, 아침에 읽다 만 신문을 들고 집으로 천천히 걸어가는 것이다.

다이아몬드 사건 이후로 도시에는 별다른 일이 없었다. 시시껄렁한 사건으로 1면을 꽉 채운 신문을 읽던 경찰관은 별안간 울리는 종소리에 화들짝 놀랐다. 감시탑에서 미친 듯이 종을 울려댔다. 그는 황급히 밖으로 나왔다. 그가 경찰관이 된 이후 감시탑의 종이 울린 것은 처음이었다. 한 사내가 관문을 향해 빠르게 말을 몰아오고 있었다. 그는 머리를 굴릴 틈이 없었다. 경찰관은 사내에게 총을 쏘았다. 긴장해서 손이 흔들린 탓인지 말이 맞았다. 말이 거꾸러지자 사내가 날렵하게 말에서 굴러내려왔다. 경찰관은 이번엔 실수하지 않았다. 그가 쏜 총알이 사내의 옆구리에 틀어박혔다. 사내가 땅바닥을 굴렀다. 사내는 비틀거리며 일어났다. 경찰관이 사내에게 다시 총을 쏠 틈도 없이, 사내는 근처에 있는 경찰차로 몸을 던졌다. 경찰관은 기차역까지 차를 타고 순찰을 나가는 동료가 차 열쇠를 자동차 안에 보관한다는 사실을 떠올렸다. 자동차 헤드라이트가 환하게 빛났다. 노란 눈동자 같은 헤드라이트가 경찰관을 향해 돌진했다. 그는 황급히 몸을 날렸고 경찰차는 관문을 반쯤 들이박다시피 하며 모래평원으로 질주했다.

다음 날 아침 경찰관은 신문을 읽을 수 없었다. 하지만 신문 1면에 전날 읽은 시시껄렁한 기사 대신 자신의 이야기가 실렸음은 짐작할 수 있었다. 도시는 일대 파란에 휩쓸렸다. 경찰차를 탈취해 달아난 사내는 다이아몬드 사건의 중심인물이었다. 그는 다이아몬드를 훔쳐 모래평원으로 도망친 것이다. 사건은 경찰관의 예상보다 더 커졌다. 다이아몬드의 가치는 경찰관의 평생 치봉급보다 큰 것이었다. 다이아몬드는 지금까지 발굴된 모든 다이아몬드 중 가장 큰 크기를 자랑하며, 완벽한 세공으로 단 하나의 흠도 없는, 세상에서 제일 비싼 보석이었다. 사내는 그 다이아몬드를 훔쳐 달아난 것이고 경찰관은 그 사내를 놓친 것이었다. 시에서는 경찰관이 직접 모래평원으로 나가 범인을 체포해올 것을 명령했다. 사람들은 그가 범인을 붙잡지 못한다면 파직당할 것이라고 수군거렸다. 순찰 임무를 맡던 동료는 이미 파직당해 실직자가 되었다.

경찰관이 떠날 준비를 하는 동안에 많은 사람들의 생각이 바뀌었다. 언제 모래폭풍이 불어닥칠지 모르는 상황 속에서, 자동차도 없이 모래평원으로 보낸다는 것은 사지로 모는 것과 다름없는 행위라는 비난 여론이 일었다. 경찰관은 챙겼던 짐을 풀기 시작했다. 시에서는 고집스럽게도 자동차를 줄 수 없다는 입장을 고수했다. 공무원이 법률을 어겨서는 안 된다는 주장이었다. 그런 와중에 세금징수원이 모래평원으로 떠났다. 노인의 몸으로 말 한 필 없이 걸어서 모래평원을 건너는 것이다. 시는 세금징수원의 예를 들며 한 치도 물러서지 않았다. 그들은 경찰관이 자동차를 타고 아예 도시로 돌아오지 않을까봐 겁을 내고 있었다. 결국 경찰관은 말을 타고 모래평원으로 떠났다.

어쩔 수 없이 떠나게 된 처지였지만 경찰관은 사람들만큼 비관하지 않았다. 언제나 모래평원을 여행하는 것이 마음속 소망이었고, 어떤 의도든 모래평원으로 떠나게 된 것이 나쁘지만은 않았다. 경찰관은 동료들의 배웅을 받으며 모래평원으로 떠났

다. 키가 작고 몸통이 가는 나무, 빛바랜 풀들이 듬성듬성 자라
난, 관문 밖의 세상으로 나갈 때 경찰관의 뜨겁게 끓어오르는
심장이 맹렬히 박동했다. 그는 기세 좋게 말을 몰아 단숨에 폐
쇄된 기차역에 다다랐다. 기차역은 모래평원과 도시 변두리의
경계에 서 있었다. 기차역 앞에 남은 도시의 흔적이라곤 낡아빠
진 철길뿐이었다. 황량한 불모지가 경찰관을 기다리고 있었다.
이따금씩 불어드는 바람에 그림자를 흔드는 고목들과 메마르고
척박한 뜨거운 모래땅이 그곳에 있었다. 광활한 지평선 너머까
지 부시도록 푸르게 뻗은 하늘 꼭대기에는 불타오르는 태양이
매서운 햇볕을 쬐었다. 경찰관은 예의 그, 불쏘시개가 가슴속을
헤집어대는 듯한 감각을 느꼈다. 그는 천천히 모래평원의 철길
로 들어갔다. 모래알이 뒤섞인 더운 바람이 무심하게 그의 앞길
을 스쳐 지나갔다.

무언가 잘못되었다는 생각이 든 것은 그날 오후가 채 지나기
도 전이었다. 상상을 초월할 정도로 뜨거운 햇볕이 경찰관의 머
리를 후려쳤다. 햇볕은 마치 채찍질하듯 내리쬐었다. 기세 좋던
말도 점점 힘을 잃어갔다. 경찰관은 불안해졌다. 처음엔 그저 신
기하고 새로워만 보였던 모래평원의 풍경들은 아무리 나아가도
변화가 없었다. 미로에 빠져 제자리만 맴돌고 있는 듯한 기분이
었다. 후끈후끈한 열기가 순식간에 그의 몸을 땀으로 흠뻑 적셨
다. 지상 위는 땅김으로 뒤덮여 흐릿했고, 반복되는 풍경들에 경

찰관의 머릿속도 덩달아 어지러웠다. 고통스러운 더위가 지난 다음엔 추위, 끔찍한 추위가 닥쳐왔다. 낮의 열기를 머금은 바람과는 정반대로 귀가 떨어져나갈 듯이 몰아치는 된바람은 차마 잠조차 들지 못할 정도로 차갑고 사나웠다. 부들부들 떨면서 선잠에 들었다 깨길 반복하니 어느새 해가 떴다. 모진 첫날 밤을 보낸 뒤 경찰관은 애써 서쪽으로 말 머리를 향했다. 도시로 돌아가고 싶은 마음이 굴뚝같았으나 이것도 모두 여행의 과정이라고 스스로를 다독였다. 그럼에도 이틀째 되던 밤을 견디지 못하고 말은 죽고 말았다.

서쪽 도시에 닿으려면 얼마나 남았는지 가늠할 수 없었다. 경찰관은 앞으로 남은 길과 지금까지 왔던 길 중 어느 쪽이 더 가까운지 알 수 없었다. 거꾸러진 말의 사체가 그의 옆에 누워 있었다. 그는 얼마 뒤 자신 또한 이런 모습으로 모래평원에 쓰러져 있지는 않을까 겁이 났다. 경찰관은 돌아가기 위해 동쪽으로 돌아섰다. 하지만 그때, 범인의 부상당한 옆구리가 떠올랐다. 그는 멀리 가지 못하고 죽었을 것이 틀림없다. 그렇다면 모래평원에 자동차가 남아 있을 것이다. 경찰관에게 새로운 희망이 떠올랐다. 자동차가 남아 있다면 분명 사내가 갖고 도망친 다이아몬드도 그곳에 얌전히 있을 것이다. 다이아몬드를 갖고 서쪽 도시로 가버리면 그 다이아몬드는 경찰관이 차지하게 된다.

밀려드는 희망에 겨워 그는 서쪽을 향해 걷기 시작했다. 그렇게 걸은 지가 벌써…… 경찰관은 도시를 떠난 뒤 며칠이나 흘렀는지도 기억하지 못했다. 그는 멍하니 고개를 들어 지평선을 바라보았다. 천천히 해가 떨어지는 중이었다. 더위는 조금 수그러들었지만 그 기쁨도 잠깐, 얼어붙을 듯한 추위가 몸속을 파고들 것이다. 지평선으로부터 노곤한 눈길을 거두려던 그 순간 그는 자신의 눈을 의심했다. 지평선 끄트머리, 길게 뻗어나간 철길의 옆에 무언가 있었다. 그것은 분명 자동차였다! 자동차가 분명했다! 경찰관의 눈이 희열로 차올랐다. 드디어 자동차를 찾아낸 것이다. 경찰관이 차지할 서쪽 도시에서의 새로운 삶이 모래평원 한가운데에 그렇게 방치되어 있었다. 경찰관은 자신도 모르게 한 걸음, 한 걸음, 빠르게 내딛다가, 어느 순간엔가 지평선을 향해 뛰고 있었다. 관문의 작은 초소에서 꿈꾸었던 공상이 그의 발끝에서 그대로 탄생했다. 온몸, 온 심장을 다해, 희망으로 가득 차, 경찰관은 지평선을 향해 내달렸다.

　숨이 턱 끝까지 차올랐으나 머릿속은 더없이 상쾌하고 맑았다. 벅차게 숨을 내쉴 때마다 뜨거운 열기가 허파 속까지 파고들어 달뜬 몸을 훑고 나갔다. 이토록 무엇엔가 열망한 적이 있었던가? 경찰관은 눈앞에 펼쳐진 새 삶을 향해 달려가는 듯한 착각이 들었다. 아니, 그것은 사실이었다. 자동차는 그에게 새로운 삶을 선물해줄 것이다. 이제 남은 것은 자동차를 타고 순식간에 서쪽 도시에 도착하는 것뿐이다. 온 세상이 믿을 수 없을 만큼 선명하게 보였다. 며칠 만에 맑아진 시야로 가득 밀려드는 밝은 햇빛이 그의 앞길에 눈부시게 내리쬐는 양, 모래평원의 모든 것들이 화려한 황금빛으로 물든 듯했다. 경찰관은 배낭끈이 파고드는 어깨의 통증도 옆구리가 찢어질 듯 쑤셔오는 고통도 참아내며 쉼 없이 달렸다. 멀게만 보였던 자동차가 점점 가까워졌다. 자동차 옆에서 사람 그림자를 발견한 것은 자동차와 얼마간 가까워졌을 때였다. 경찰관은 다급해졌다. 그는 헐떡거리며 필사적으로 뛰었다. 아직 찾아오지도 않은 새 삶에 위기가 닥쳐왔다.

지평선 너머로 태양이 지는 광경에 소년은 다시금 압도당했다. 지평선 너머에서 찬란하게 빛이 뿜어져나오는 모습은 아침 해가 뜨는 광경과는 사뭇 다른 종류의 것이었다. 희뿌옇게 동이 터오는 아침 태양의 빛은 서늘한 공기를 가르며 하늘을 창백하게 밝혔다. 아침의 빛무리가 평화롭고 조용하게 모래평원의 어둠을 몰아낸 뒤에야 그 웅장한 태양이 빛깔을 드러냈다. 밤의 기운이 가시지 않은 지상에 도래하는 태양의 붉디붉은 빛은 순간이나마 따사롭게 느껴졌다. 하지만 황혼녘의 빛은 화려하고 난잡하게, 거침없이 모래평원을 물들였다. 선명한 붉은빛이 모래평원의 푸르른 지평선을 적시고, 태양의 권세가 사라진 텅 빈 하늘에 담빛 어둠이 점차 몰려들었다. 열기와 냉기가 공존하는 그 시간, 태양의 발간 얼굴이 지평선 너머로 뉘엿뉘엿 수그러드는, 어둠과 빛의 모호한 경계, 빛깔들이 제멋대로 날뛰고 춤추는 혼돈의 하늘, 불타오르는 듯 짙은 붉은빛으로 물들었던 서녘 하늘이 서서히 어둠에 잠식되는 광경은 충분히 압도적인 것이었다.

소년은 아름다운 노을을 등지고 동쪽을 바라보고 섰다. 유랑민들을 찾아 떠날 시간이었다. 침묵이 야수처럼 도사리고 있는 황량한 모래평원 안, 길이 없는 모래땅을 헤매고 감내해야 할 시간이었다. 소년이 별자리를 찾으려는 바로 그때 지평선 너머에서 누군가가 그들을 향해 허겁지겁 달려오고 있었다.

"저 사람은 또 누구야?"

소년을 배웅하기 위해 나왔딘 C가 자동차 안으로 숨었다. C는 창문 밖으로 고개만 내밀고는 그들을 향해 달려오는 사내를 바라보았다. 사내는 커다란 배낭을 지고 철길 위를 쉬지 않고 달려왔다. 소년이 사내를 맞는 말소리가 들려왔다. 그는 자동차 안으로 더욱 깊이 몸을 숙이고, 아직 더운 공기가 고인 뜨거운 자동차 안에서 담요까지 뒤집어썼다. C는 담요를 끌어당기다가 굴러온 돌멩이 하나를 발견했다. 죽은 사내의 트렁크에서 발견한, 빛이 나는 예쁜 돌멩이였다. C는 그것을 손에 꼭 말아쥔 채 귀를 기울였다. 자동차 밖에서 소년의 목소리가 들려왔다.

"뭐가 그리 급하세요?"

소년은 헐떡이는 사내의 배낭을 받아들었다. 사내는 바닥에 쓰러지듯 드러누워 거칠게 숨을 몰아쉬었다. 그의 얼굴은 땀범벅이었고 온몸에서 후끈후끈한 열기가 올랐다. 사내는 한참 동안 말도 하지 못하고 숨을 골랐다. 거칠게 들썩이는 사내의 배를 바라보던 소년이 고개를 젖혔다. 그의 초조한 눈길이 하늘의 별자리에 닿았다. 그나마 추위가 덜한 시간에 떠나야 수월할 텐데 더이상 출발 시간을 늦췄다가는 C에게도, 소년에게도 좋은 여행이 되지 못할 것이다. 소년의 초조한 기색을 느꼈는지 사내가 마침내 입을 열었다.

"여기서 뭘 하시오?"

소년은 자동차 안의 C를 들여다보았다. 그는 담요를 뒤집어쓴 채 죽은 듯 움직이지 않았다. 소년은 세금징수원 때처럼 사내와 길게 대화를 나눌 여유가 없었으므로, 짧게 대답했다.

"유랑민에게 가려던 참이에요."

"아, 서쪽에서 오는 길이오?"

소년은 고개를 가로저었다.

"일행이 다쳐서 유랑민을 찾아가는 거예요."

"그렇소? 도와줄 수 없어서 유감이오. 나는 동쪽 도시에서 일하는 경찰관이라오. 수사중이라 도움을 줄 수 없다오."

자동차에 기대 앉아 있던 경찰관이 몸을 일으켜 악수를 청했다. 소년은 어색하게 그의 손을 마주잡았다. 경찰관은 멋쩍게 웃으며 다시 자리에 주저앉았다. 소년은 길을 떠나고 싶었지만 낮선 도시 사람을 C와 남겨두고 가는 것이 마음에 걸렸다. 결국 그도 경찰관 옆에 앉았다. 경찰관은 아직도 거친 숨을 몰아쉬면서 숨을 가다듬었다. 그는 뛰어오느라 뺨이 붉게 상기되었다. 얼굴에 살이 없어 턱이 뾰족하고 광대가 툭 불거졌다. 눈이 크고 눈꼬리가 처져 온화한 생김새였으나, 뾰족한 얼굴 때문에 어딘지 비열한 분위기가 풍겼다. 소년은 그가 무슨 영문으로 급히 뛰어왔는지 궁금했다.

"나는 급한 임무를 맡고 모래평원에 파견되었소. 경찰차를 탈취한 강도범이 모래평원으로 달아났기 때문에……"

경찰관은 말을 멈추었다. 그는 그때서야 자동차가 두 대였다는 사실을 깨달았다. 앞선 곳의 자동차는 탈취당한 경찰차였고, 그가 기대어 쉬고 있는 자동차는 본 적 없는 자동차였다. 그는 얼른 자동차에서 몸을 떼 살펴보았다. 꽤 오랫동안 모래평원에 있었던 모양인지 모래먼지로 뒤덮여 지저분하기 짝이 없었다. 한 번도 보지 못한 차종이었으니 서쪽 도시의 자동차인 것이 분명했다. 경찰관은 소년이 의심스러워졌다.

"모래평원에 기차 이외의 차량이 진입하는 것이 불법 행위라는 것을 모르시오?"

"자동차는 모두 제 것이 아니에요."

소년은 하늘에 모습을 드러낸 달을 불안한 눈초리로 바라보았다. 어둑어둑한 하늘은 점점 더 짙어져 까맣게 물들어갔다. 떠나야 할 시간을 넘겨버렸다. 모래알이 뒤섞인 황폐한 바람이 뺨을 할퀴었다. 추위가 밀려왔다. 소년은 몸을 웅크리면서 철길이 없는 텅 빈 지평선을 바라보았다. 지평선 너머에서부터 깊고 깊은 어둠이 몰려오는 것 같아 소년은 두려움에 몸을 떨었다. 당장 오늘 밤을 지새울 곳이었다. 고독과 침묵이 단단히 똬리를 튼, 어둠과 추위가 뒤엉킨 싸늘한 모래땅.

"저 자동차는 얼마 전에 동쪽에서 어떤 사내가 타고 왔고, 이 자동차를 타고 온 사람은 서쪽으로 떠난 지 오래예요."

경찰관의 가슴이 기대로 부풀었다. 그는 희망으로 거세게 뛰는 마음을 가라앉히고 애써 침착한 어조로 물었다.

"그럼 그 사내는 어떻게 됐소? 옆구리에 심한 부상을 입고 있지 않았소?"

"맞아요. 부상 때문에 죽었어요. 세금징수원이 시체를 태워줬어요. 세금징수원을 아세요? 그 사람도 동쪽 도시에서 왔어요."

"알고 있소. 나는 그 사내를 쫓아 모래평원에 왔다오. 그는 강도범이오. 동쪽 도시에서 귀한 물건을 훔쳐 달아났소."

"귀한 물건이 뭐였는데요?"

경찰관은 자신도 사진으로만 본 다이아몬드를 떠올렸다. 처음 다이아몬드 소유권에 대한 공방이 이루어질 때 신문들은 앞다퉈 그 기사를 1면에 내세웠다. 그들은 하나같이 화려한 수식어를 사용해 다이아몬드를 묘사했다. 경찰관은 기사에 쓰인 단어들을 떠올렸다. 황홀, 영롱, 찬미 따위의 평소에 쓰는 일이 없는 것들이었다. 하지만 경찰관이 사진으로 본 다이아몬드는 아름다움보다는 돈을 먼저 떠올리게 했다. 사진이 다이아몬드의 그 '영롱'하다거나 '황홀'한 빛을 채 전해주지 못하기 때문에 그랬을지도 모르지만. 사내가 다이아몬드를 훔쳐 달아난 것도 그 아름다움을 손에 넣고 싶었기 때문은 아닐 것이다.

"다이아몬드라오. 보석 중의 보석인 다이아몬드 가운데서도 가장 크고 값진 것이오. 동쪽 도시에서는 그 사건으로 한동안 떠들썩했소. 신문에서는 영롱하다느니 황홀한 빛이라느니 떠들어댔지만 다이아몬드가 갖고 싶은 사람 중에 예뻐서 갖고 싶은 사람이 얼마나 되겠소? 다들 비싼 값에 팔아치우고 한몫 잡을 생각이지."

"다이아몬드라고요? 그것이 있으면 도시에서 살 수 있나요?"

소년은 은밀하게 속삭였다. 경찰관은 크게 고개를 끄덕였다.

"살다마다요. 남부러울 것 없이, 오히려 남들 부러움을 사며 살 거요. 그게 얼마나 값나가는 건데."

소년은 경찰관이 설명을 시작할 때부터 사내가 갖고 있던 돌멩이를 떠올렸다. 햇빛을 받아 눈부시게 반짝거리던, 굳이 표현하자면 영롱하고 황홀한 빛을 뿜어내던 예쁜 돌멩이, 그것은 경찰관이 말하는 다이아몬드와 비슷한 것이었다. 아니, 경찰관이 말하는 다이아몬드란 소년이 자동차 안으로 무심히 던져넣은 그 돌멩이가 분명했다. 소년은 저도 모르게 가슴이 뛰었다. 그는 자동차를 돌아보았다. 도시에 가지 않을 그에게는 쓸모없는 돌멩이인데도 소년은 걷잡을 수 없이 기대감이 차오르는 것을 느꼈다.

"비싼 다이아몬드를 훔친데다 경찰차까지 탈취해 내가 모래평원까지 파견된 거요. 조금 전에 급하게 뛰어온 것도 다 자동차를 발견했기 때문이었소. 따지고 보면 자동차를 찾아 여기까지 온 셈이니. 오늘 밤은 편안하게 보낼 수 있겠소."

경찰관은 모래평원을 가로지르며 겪은 온갖 고초와 고통들을 한꺼번에 보상받는 느낌이었다. 이제 고통스러운 여행은 이 자리에서 끝이 났다. 자동차는 그를 새로운 삶으로 빠르게 데려다줄 것이다. 자동차를 구입할 만큼 봉급이 넉넉지 않음에도, 모든 경찰관은 의무적으로 운전면허를 취득해야했다. 그 경험이 지금 유용하게 쓰일 줄은 시에서도, 경찰관 자신조차도 전혀 예상하지 못했다.

긴장이 풀리자 온몸이 나른해지는 기분이었다. 경찰관은 오래간만에 편안하고 아늑한 기분에 잠겼다.

노을이 지며 그들 앞에 내던져졌던 온갖 찬란한 빛깔들이 어느새 자취를 감추었다. 모래평원에는 빈틈없이 어둠이 깔리고 고운 별빛 달빛이 그 속에 살며시 내려앉았다. 소년은 떠날 시간이 훌쩍 지났음에도 전처럼 초조하지 않았다. 그보다도 설레는 가슴을 추스를 수 없었다. 자동차 안에 웅크리고 있는 돌멩이 하나가 소년과 C를 도시에서의 안락한 삶으로 이끌어 줄 수 있는 것이다. 소년은 유랑민을 찾아가는 대신 당장이라도 C와 함께 도시로 떠나고 싶었다. 도시에 가서 다이아몬드를 내밀고 C의 상처를 치료하고, 함께 C의 애인을 찾으며 그곳에 머무르는 것이 가장 좋은 방법인 것 같았다. 그것이 지금 해야 할 마땅한 일처럼 느껴졌다. 소년은 무기력한 손길로 발치에 내려놓았던 배낭을 끌어당겼다. 그가 챙긴 최소한의 물과 식량, 담요가 들어 있었다. 소년은 배낭끈에 매놓은 빨간색 스카프를 풀어 주머니에 쑤셔넣었다. 할 수 있다면 자동차를 타고 도시로 갈 수도 있으리라. 하지만 문득 마음에 걸리는 말이 기억났다.

"왜 모래평원에서 자동차를 타고 다닐 수 없나요?"

"오래 된 법률이오. 기차가 다닐 적 이야기니까 몇십 년 전의 일이지."

그는 소년의 얼굴을 보고는 말을 이었다.

"내가 태어나기도 전의 일이니 당신은 잘 모르겠군. 철길이 놓인 이유를 아시오?"

소년은 고개를 가로저었다. 누가 혹독한 모래평원에 이토록 긴 철길을 놓아 반대편 도시에 닿으려고 했는지 궁금하기는 했었다. 소년은 철길이 놓인 이유보다도 철길을 놓은 사람이 어떤 마음으로 멀고 먼 도시에 가려 했는지, 그것이 의문스럽고 알고 싶었다.

경찰관은 철길이 놓인 이유에 대해 여러 가지 많은 이야기들을 알고 있었다. 모래평원으로 나가는 도시의 마지막 관문, 실질적인 경계선에서 오랫동안 근무하는 동안 흥미로운 이야기들을 많이 들었다.

그 중에 여자아이들이 가장 좋아하고 즐겨 하는 이야기는 서쪽의 갑부가 철길을 놓았다는 이야기였다. 서쪽 도시의 어마어마한 갑부는 젊은 시절 동쪽에서 가난하게 살다가 돈을 벌기 위해 서쪽 도시로 떠났다. 그는 젊은 시절의 가난 때문에 사랑하는 여인과 헤어질 수밖에 없었는데, 서쪽으로 떠난 뒤 다시 그녀의 소식을 듣지 못한 채 시간은 야속하게만 흘러갔다. 마침내 성공한 그는 어느새 늙은이가 다 되었고, 돈은 많았으나 사랑을 얻지 못해 말년을 회한으로 보냈다. 갑부는 더이상 자신과 같은 젊은이가 생기지 않도록 전 재산을 모두 털어 동쪽 도시와 서쪽 도시를 잇는 긴 철길을 만들었다. 하지만 정작 그는 철길이 완성되는 것을 보지 못하고 죽었고 사랑했던 여인을 다시 만나지 못했다. 기차도 한번 운행되지 못한 채 철길은 버려지고 말았다.

남자아이들이 좋아하는 이야기는 보물을 찾기 위해 철길을 놓았다는 내용이었다. 오래전에 동쪽 도시에서 제일가는 갑부 한 명이 있었다. 그는 평소 모험을 즐기는 탐험가 타입이었다. 그는 죽기 전에 갖고 있는 가장 값진 보물들을 모래평원의 어딘가에 묻어놓았다. 사람들은 그 보물을 찾기 위해 모래평원에 철길을 놓고 곳곳에 기차역을 세워 보물을 찾아다녔다. 하지만 아무리 오랫동안 탐험을 거듭해도 보물을 찾을 수 없었다. 수많은 기차역은 하나둘 폐쇄되었고 마침내 더이상 기차는 모래평원을 달리지 않았다. 소년들은 이 이야기를 믿고 아직도 모래평원 어딘가에는 막대한 보물이 숨겨져 있을 것이라고 생각했다.

많은 사람들이 진실로 믿고 있는 이야기에선 철길은 어느 갑부와도 관련이 없었다. 철길이 만들어진 이유는 동쪽 도시와 서쪽 도시 간의 사업상의 문제였다. 양 도시 간의 수월한 관광을 목적으로 기차가 만들어졌지만, 사람들은 값비싼 기차를 타는 대신 자동차를 타고 모래평원을 오갔다. 기차 이외의 차량이 모래평원에 진입할 수 없다는 법률도 그때 만들어졌다. 그럼에도 기차를 이용하는 관광객이 늘지 않았다. 결국 시에서는 막대한 유지비를 감당하지 못하고 기차역을 폐쇄하기에 이르렀다. 경찰관 또한 이 이야기를 믿었다. 진짜로 철길을 놓은 사람이 누구인지, 왜 더이상 기차가 오가지 않는지에 대해 자세히 아는 사람은 아무도 없었다.

"이제 남아 있는 기차역이라곤 두 개뿐이오. 서쪽 도시에 하나, 그리고 우리 동쪽 도시에 하나가 있소. 기차는 이제 박물관에나 가야 볼 수 있소."

소년은 차 주인의 자동차는 그대로 모래평원에 두는 것이 낫겠다고 생각했다. 바람이 지독한 추위를 몰고 왔다. 한차례 바람이 휩쓸고 지나가자 소년과 경찰관 모두 몸을 떨었다. 경찰관과 소년은 경찰차 안으로 들어갔다. 자동차 안은 바람이 불지 않아 한결 나았지만 추운 것은 여전했다. 경찰관은 자동차 열쇠가 그대로 꽂혀 있는 것을 보았다. 기름도 반쯤 채워져 있었다. 그는 자동차 열쇠를 돌렸지만 시동이 걸리지 않았다. 몇 번이나 열쇠를 다시 돌렸지만 끝내 시동이 걸리지는 않았다. 경찰관은 멍하니 운전대를 내려다보았다. 소년은 담요로 몸을 덮고 경찰관을 지켜보다가 물었다.

"왜 그러세요?"

"자동차 시동이 걸리지 않소."

"왜요?"

"나도 잘 모르겠소 기름도 다 찼는데, 왜 이러지?"

경찰관이 다시 열쇠를 돌렸다. 자동차는 결국 시동이 걸리지 않았다. 오랫동안 헤드라이트가 켜져 있어 배터리가 방전된 것이나 경찰관이 그 사실을 알 턱이 없었다. 소년은 다급하게 열쇠를 돌리다가 자동차 이곳저곳을 만지는 경찰관에게서 창밖으로 시선을 돌렸다. 유랑민들의 보금자리를 향하고 있는 별자리는 또렷하게 떠올라 제자리를 지켰다. 소년은 그 별자리가 물고기처럼 생겼다고 생각했다. 별들의 바다에서 헤엄치는 별은 무수히 반짝이는 수많은 별들 가운데 소년의 지표가 되는 단 하나의 별자리였다. 오늘 밤 따라 갔어야 할 별자리이기도 했다.

고독으로 도금된 모래평원에는 차가운 어둠이 웅크린 채 소년을 기다렸다. C를 살리기 위해서라면 소년은 지금 당장이라도 저 어둠의 품 안으로 기어들어가야 했다. 그의 두려운 눈길이 어둠에 잠긴 지평선과 어둠에 반쯤 얽혀든 고목의 그림자들을 스쳐 지나갔다. 어둠 속 미지의 세계에 죽음이 도사리고 있는 것만 같았다. 소년은 다시 길이 없는 외로운 땅을 헤매고 싶지 않았다. 도시로 갈 수만 있다면. C가 마음만 바꾼다면. 도시는 그들이 필요한 모든 것을 줄 수 있었다. 도시로 간다면 뜨거운 물통에 담긴 뜨뜻한 물이 아닌 시릴 정도로 차가운 물과 신선한 야채, 과일, 고기를 먹을 수 있다. 더이상 변비 때문에 고통받지 않아도 될 것이고 상처의 통증을 참아내느라 잠 못 이루는 밤을 보낼 필요도 없었다. 몸속에서부터 타오르는 듯한 더위와 뼛속까지 도려내는 것 같은 추위를 견디며 하루하루를 힘겹게 살아가지 않아도 된다.

모래평원은 그들에게 존재하는 것 그 자체만으로도 고통을 주었다. 그들은 죽지 않기 위해 살았고, 살아 있기 때문에 고통스러웠고, 고통을 피하기 위해 애인을 기다렸다. 하지만 애인이 돌아오지 않는다면 고스란히 감내해야 했던 고통과 보상받아야 할 시간들은 갈 길을 잃는다. 그녀가 돌아와 보상해주지 않는다면 누구에게 그것을 받아내야 한단 말인가. 그녀가 돌아오지 않는다면 그들은 죽을 것이다. 그러니까, 소년은 생각했다, 그러니까

114

도시로 가야 했다. 돌아오지 않는 그녀 대신 그들이 살아남을 수 있는 또다른 방법은 그것뿐이었다. 도시로 가야했다.

"아침이 되면 살펴봐야겠소. 어두워서 잘 보이지도 않소."

경찰관이 추위로 몸을 떨면서 중얼거렸다. 그는 배낭에서 두꺼운 침낭을 꺼내 안으로 들어갔다. 경찰관은 몸을 잔뜩 웅크린 채 눈을 감았다. 불안감으로 뱃속이 뒤집혔다. 아침이 되어도 자동차가 움직이지 않는다면 그는 서쪽까지 계속 걸어가야 했다. 모래평원의 침묵과 고독은 섬뜩했다. 아무도 지켜보는 사람이 없는 곳에서 죽을 수도 있다는 사실이 그를 이따금씩 걷잡을 수 없는 공포에 휩싸이게 했다. 경찰관은 타인을 만나 길게 대화를 나눠본 것이 오래간만임을 깨달았다. 그는 목소리를 낼 수 있다는 것, 자신의 말을 듣는 사람이 있다는 것만으로도 행복을 느꼈다. 경찰관은 눈을 뜨고 소년을 바라보았다. 창밖을 바라보는 소년의 눈길이 어지럽게 별이 뜬 밤하늘을 헤집었다. 그는 소년이 여행중이라는 사실을 기억해냈다.

"여행중이라고 했소? 곧 모래폭풍이 덮칠 거요. 세금징수원이 말해주지 않았소?"

"말해줬어요. 집배원도 말해줬어요. 곧 도시로 떠날 거예요."

소년은 유랑민을 찾아가는 것을 포기했다. 그는 다음 날 C를 설득해 도시로 떠날 것이다. 더이상은 모래평원에 있을 수 없었다. C의 애인은 돌아오지 않고, C의 상처는 점점 깊어만 가고,

기차는 끊겼고, 이제 곧 모래폭풍마저 들이닥친다. C가 고집스
럽게 모래평원에 남아 있겠다면 소년은 혼자서라도 떠나버리겠
다고 마음먹었다. 그는 불현듯 타는 듯한 갈증을 느꼈다. 소년은
배낭에서 물을 꺼내 마음껏 마셔버렸다. 모래평원에 온 이후 처
음으로 물을 배불리 마셨다. 입천장, 혀, 목구멍이 축축하고 부
드러워졌다. 내일 아침 소년은 철길을 따라 갈 것이다. 도시에서
그는 부드러운 혓바닥과 물로 충만한 몸의 느낌을 다시 잃지 않
을 것이다.

"집배원도 만났소? 말이 아직 살아 있었소?"

"네. 말을 잘 다루던데요."

"내 말은 오는 길에 죽었다오. 왜 죽었는지 모르겠소. 물도 먹
이도 먹을 만큼 줬는데."

대꾸하지 않고 소년은 눈을 감았다.

깜깜한 시야에 광채를 발하는 다이아몬드가 떠올랐다. 다이아
몬드에서 뿜어져나오는 빛살은 철길의 저편을 향했다. 빛줄기는
집배원과 세금징수원이 향한 서쪽의 도시까지 길게 뻗었다. 다
이아몬드의 아름다운 빛은 서쪽을 응시한 채 움직이지 않았다.
소년은 다이아몬드를 움켜쥐고 그 빛을 따라 천천히 걷기 시작
했다. 걷고 걸어도 지평선 너머에는 도시가 나타나지 않았다. 아
무리 앞으로 나아가도 텅 빈 지평선만이 끝없이 되풀이되었다.
소년은 물로 충만했던 몸이 지쳐가는 것을 느꼈다. 서서히 목이

116

말라왔다. 입천장과 목구멍이 딱딱하게 말라붙었다. 부드러웠던 혀는 나무토막처럼 늘어졌다. 하늘에는 태양과 달이 동시에 떠서 더위와 추위가 번갈아가며 몰아쳤다. 소년은 계속 걸었고 다이아몬드의 빛은 꺼지지 않고 서쪽을 향했다. 그때 서쪽의 텅 빈 지평선에서 모래폭풍이 나타났다. 다이아몬드는 모래폭풍 너머의 세계를 가리켰다. 소년은 철길 위에서 어찌할 바를 모르고 멈췄다. 모래폭풍은 맹렬한 기세로 소년의 코앞까지 불어왔다. 숨이 턱턱 막히는 더위와 추위가 뒤섞여 휘몰아쳤다.

"젠장!"

날카로운 목소리가 소년을 일깨웠다. 동틀 녘, 희부옇고 창백한 하늘이 펼쳐졌다. 지평선 너머에서 희미한 빛줄기가 새어나오며 천천히 모래평원의 아침을 열었다. 새벽이 채 물러나지 않은 공기는 싸늘했다. 소년은 담요로 몸을 감고 경찰차 밖으로 나왔다. 눈 밑에 검게 그늘이 진 경찰관이 자동차 보닛 안을 들여다보는 중이었다. 그의 표정이 사납게 굳어 있었다. 소년은 그의 옆으로 다가가 보닛 안을 들여다보았다. 차 주인도 보여준 적이 있었지만 그때도 지금도 소년은 자동차 안에 펼쳐진 세계가 낯설고 복잡했다.

"무슨 일이에요?"

경찰관이 기름때가 묻은 더러운 손가락으로 턱을 만지작거렸다. 그의 턱에도 똑같이 지저분한 얼룩이 생겼다.

"도대체 뭐가 문젠지 모르겠소. 자동차가 움직이질 않는다오."

"움직여봐야 뭣하겠어요? 모래평원에선 자동차를 타고 다닐 수 없다면서요."

"난 괜찮소. 공무 집행중이니까."

경찰관은 신경질적으로 보닛을 닫았다. 그는 자동차 안으로 들어가 뭔가를 만지작거리기 시작했다. 소년은 그 틈을 타 차 주인의 자동차로 다가갔다. C는 이따금씩 등을 긁적거리긴 했지만 곤히 잠들어 있었다. 그는 창문을 조심스럽게 두드렸다. 두어번 두드리자 C가 눈을 떴다. 그는 추위로 담요를 끌어당기면서 창문을 열었다. C가 졸린 눈을 비비면서 소년을 바라보았다.

"유랑민에게 가지 않았어?"

"아니, 아직"

소년의 시선이 C의 손으로 갔다. C는 다이아몬드를 느슨하게 움켜쥐고 있었다. 그의 시선을 느낀 C가 다이아몬드를 눈앞으로 가져왔다. 다이아몬드는 아침 해의 창백한 빛을 받아 반짝거렸다. 태양이 점점 빠르게, 뜨겁게, 밝게 떠올랐다. 소년은 태양이 곧 모습을 드러낼 듯이 새빨갛게 물든 동쪽 지평선을 바라보았다. 흰빛을 띤 높은 하늘이 푸르러졌다. 소년은 무의식중에 상처를 끌어안은 채 누운 C를 내려다보았다. C는 결코 도시로 떠나지 않을 것이다. 소년은 어젯밤 갑작스럽게 사로잡힌 희망이 아침 햇살에 녹아 스러지는 것을 느꼈다. C가 빛을 발하는 다이아몬드를 손바닥으로 덮었다.

"예쁘지?"

그는 고개를 끄덕였다. C가 담요를 눈 밑까지 당겨 덮고는 눈을 감았다. 열기가 빠르게 모래평원을 잠식해왔다. 새빨간 태양의 끄트머리가 지평선 너머에서 천천히 드러났다. 동녘이 짙붉게 물들었다. 샛노란 빛깔 위로 선명한 주황빛이 덧칠되면서 찬란한 빛깔들이 향연을 이루었다. 태양이 하늘 위에 빛살을 내뿜으며 떠오르기 시작했다. 또다시 태양이 뜬다.

"이보시오!"

경찰관이 경찰차 안에서 거칠게 외쳤다. 소년은 경찰차로 다가갔다. 경찰관이 자동차 안의 서랍들을 모두 뒤집어놓고 씩씩거리며 소년을 노려보았다. 소년은 뒤로 물러났다. 경찰관이 자동차를 박차고 나왔다. 그의 등뒤로 태양이 반쯤 모습을 드러냈다. 소년은 그의 얼굴을 제대로 볼 수 없었다. 그의 그림자가 빛 때문에 너불대는 것처럼 느껴졌다. 태양이 지평선 너머에서 온전히 제 모습을 보였다. 새빨간 태양은 온 세상을 붉은빛으로 물들이면서 새벽의 흔적을 거침없이 몰아냈다. 얽히고 헝클어지던 색깔들은 환하고 창백한 흰빛에 묻혀 서서히 흐려져갔다. 혼란스럽게 뒤엉킨 하늘이 파랗게 덧칠되고 그곳에 태양이 떠올랐다. 아침 햇살이 따갑게 내리쬐었다. 소년은 땀이 흐르는 것을 느꼈다. 더위가 강물처럼 지평선 너머에서 넘쳐흘렀다.

"다이아몬드를 봤소?"

다이아몬드…… 소년을 도시로 안내해줄 빛, 갈증과 허기를 채우고, 안락한 집으로 이끌어줄 작은 돌멩이, 그것은 C의 손아귀에 있었다. 소년은 경찰관 너머에서 떠오르는 태양이 마치 거대한 다이아몬드처럼 느껴졌다. 눈부시도록 찬란히 타오르는 거대한 불덩어리. 모래평원을 더욱 메마르고 척박하게 만드는 태양. 적막을 견고하게, 고독을 단단하게 도금하는 열기. 감히 눈을 마주칠 수 없을 만큼 밝은 빛 덩어리. 소년은 똑바로 태양을 바라볼 수 없었다. 지평선에서 벗어나 제 몸을 완전히 드러낸 태양은 더할 나위 없이 환하게 빛났다. 소년은 태양으로부터 고개를 돌렸다. 그의 앞에 경찰관이 증오스러운 얼굴로 그를 노려보고 있었다. 더는 경찰관의 그림자가 너불거리는 것처럼 보이지 않았다. 소년은 나무토막 같은 혀를 구부려 말했다.

"못 봤어요."

"거짓말! 거짓말하지 마!"

경찰관이 부르짖었다. 소년은 몇 걸음 더 물러났다. 그의 고함이 고요한 모래평원의 아침 하늘을 뒤흔들었다.

"……"

"이 거지새끼가 어디서 수작이야!"

경찰관이 물러나는 소년의 팔을 난폭하게 잡았다. 그는 경찰관을 물끄러미 바라보기만 했다. 경찰관은 소년의 옷깃을 마구

들추고 주머니를 뒤집었다. 소년에게선 총 한 자루와 낡은 스카프 하나만 나왔을 뿐, 다이아몬드는 없었다. 경찰관은 그를 밀치고 차 주인의 자동차로 달려갔다. 자동차를 열어젖힌 경찰관이 의자 위에 쌓여 있던 담요를 내던지고 서랍들을 엎었지만 어디에도 다이아몬드는 없었다. 경찰관이 미끄러지듯 바닥에 주저앉았다. 소년은 자동차 뒷좌석, 의자 밑에 숨어 웅크린 채 독살스런 눈빛으로 경찰관을 쏘아보는 C를 발견했다. C는 소년과 눈이 마주치자 담요를 덮어 얼굴을 가렸다.

"안 돼…… 안 돼…… 다이아가…… 안 된다고……"

머리를 감싸쥐며 신음하던 그가 고개를 번쩍 들었다. 그는 애타는 눈빛으로 소년을 바라보았다. 소년이 마지막 희망이라도 되는 양, 그의 얼굴에 조금이라도 희망의 빛이 떠오르길 간절히 바라며, 경찰관이 정신 나간 사람처럼 중얼거렸다.

"있지, 그렇지? 다이아몬드 말이야…… 갖고 있지? 그렇지? 응?"

"……"

"거지새끼라고 한 건 미안하다구, 사람이 너무 놀라면 그럴 수도 있잖아, 안 그래? 그러니까 빨리 대답해봐. 다이아 갖고 있지? 숨기고 있는 거지?"

"다이아몬드는 없어요."

경찰관은 눈을 크게 뜨고 소년을 바라보았다. 그의 눈에 눈물이 차올라 흘러내렸다. 경찰관은 얼굴을 잔뜩 일그러뜨리며 더러운 뺨 위로 눈물을 흘렸다. 그는 소년을 간절히 바라보았으나, 소년은 그의 너머 동녘 하늘을 무심한 눈길로 응시하기만 했다. 태양이 점점 높이 떴다. 경찰관은 정수리가 뜨거워지는 것을 느꼈다. 어제의 고통 그대로 열기는 모래평원을 잠식했다. 그는 숨이 막혀왔다. 내장 끄트머리, 기도 끝부터 천천히 불타오르는 듯이 뜨거운 열기가 올라왔다. 더위가 소년과 경찰관의 거리를 벌려놓았다. 아침 햇살이 무색하게, 따가운 햇볕이 그들 위로 맹렬히 쏟아졌다.

경찰관은 벌떡 몸을 일으켰다. 그는 목덜미에 내리쬐는 햇볕을 피하기 위해 사방을 둘러보았다. 어느 곳도, 햇볕이 닿지 않는 곳은 어느 곳도 없었다. 그는 비틀거리며 자동차 그늘로 쓰러졌다. 열기는 한풀도 꺾이지 않았다. 더위는 그의 내장 속까지 파고들었다. 그는 자신이 서 있는 곳의 땅만 푹 꺼져버렸으면 좋겠다고 간절히 바랐다. 지금 그대로 이 세상에서 사라져버렸으면! 모든 것들이 그의 숨통을 죄어왔다. 도시, 임무, 모래평원, 태양, 추위, 모래알, 지평선, 자동차, 다이아몬드까지, 모든 것들이 그를 미치게 만들었다. 그의 뺨 위에서 흐른 눈물이 모래바닥에 뚝뚝 떨어졌다. 이대로 땅속으로 사라져버리고 싶었다. 뜨거운 빛이 닿지 않는 어딘가, 더이상 모래평원 위를 헤매지 않아도 되는 어딘가로.

"세금징수원이 사내의 시체를 태웠어요."

"……"

"어쩌면 그 사람이 다이아몬드를 갖고 갔을지도 몰라요."

소년의 시선이 경찰관의 발치에 머물렀다. 자동차 바퀴 밑에서 기어나온 개미들이 철길을 향해 떼 지어 움직였다. 그들의 움직임은 너무 더디고 굼떠 결코 철길에 도착하지 못할 것처럼 보였다. 개미 떼는 경찰관의 발밑을 슬금슬금 지나갔다. 황금빛으로 물든 모래알들을 타고 넘어 뜨겁게 달아오른 철길에 닿았다. 개미들은 멈추지 않고 철길을 넘어 또 어딘가로 끊임없이 나아갔다. 소년이 개미 떼에서 눈길을 돌렸을 때 경찰관은 일어나 앉아 멍하니 지평선을 바라보고 있었다. 소년은 그의 곁에 다가가 앉았다.

"기차가 정말로 끊겼나요?"

"오래전에."

"언제쯤 다시 운행할까요?"

"기차가 다니는 일은 없을 거요, 아마도 영원히."

그는 갈라진 목소리로 뇌까렸다. 소년은 붉게 녹이 슨 철길을 바라다보았다. 모래평원의 깊고 흉측한 흉터마냥 철길은 모래풍파에 시달리면서도 꿋꿋이 버텼다. 끔찍스러웠다. 소년은 철길이 끔찍했다. 그는 아마도와 영원히, 간극에서 갈팡질팡했다.

"왜 모래평원에 있소? 모래폭풍이 온다는 걸 안다고 하지 않왔소?"

"애인을 기다리고 있어요."

"모래평원에서 기다리라고 했소?"

"기차를 타고 돌아온다고 했거든요."

"고약한 여자군."

경찰관은 몸을 일으켰다. 그는 경찰차 안에 널브러진 침낭을 챙겨 배낭에 쑤셔넣고 떠날 채비를 했다. 소년은 자동차 그늘 안에 웅크린 채 그를 올려다보았다. 그는 모래가 섞인 침을 뱉어내고 천으로 입 주변을 싸맸다. 덕분에 턱에 묻은 지저분한 기름 얼룩이 가려졌다. 배낭을 메고 서쪽을 향해 선 그의 눈앞에 황금빛으로 물든 모래평원이 광막하게 펼쳐졌다. 그가 따라갈 길 하나만 텅 빈 모래평원에서 또렷하게 서쪽으로 나 있었다. 그는 다만 지평선 끝이 있으리라 믿고 나아가는 수밖에 없었다. 걸음을 빨리한다면 세금징수원을 따라잡을 수 있다고 믿는 것 말고는, 다른 도리가 없었다. 그는 배낭끈을 조이고 소년을 돌아보았다.

"그런 여자는 잊어버리시오. 곧 모래폭풍이 닥칠 거요."

철길 위에 선 경찰관은 개미 떼를 발견했다. 모래평원에도 개미는 사는 모양이었다. 개미들은 철길의 바깥쪽에서 철길을 따라 서쪽으로 꾸준히 나아갔다. 경찰관은 곧 철길에 반사되는 빛 때문에 눈을 비비며 고개를 들었다. 등뒤에서 소년의 물음이 들렸다.

"서쪽으로 가시나요?"

"다이아몬드를 찾아야 하지 않겠소."

경찰관은 문득 철길을 놓은 늙은 갑부와 괴짜 갑부의 이야기가 떠올랐다. 늙은 갑부는 잃어버린 옛 사랑을 되찾기 위해 평생 모은 돈을 모두 털어 모래평원을 가로지르는 긴 철길을 놓았다. 나이가 든 뒤에 돈과 명예보다도 사랑을 택하게 된 어리석은 갑부 이야기였다. 모험가 기질을 가진 괴짜 갑부는 모래평원에 값진 보물을 숨겨놓았다. 사람들은 스스로 철길을 놓아 세상에서 가장 값진 보물을 찾아나섰다. 경찰관은 여전히 모두 허황된 이야기라고 믿었다. 어린아이들이나 좋아할 법한 낭만적인 이야기들이었다. 그는 멍청한 법률 때문에 경찰차를 지급해주지 않은 시에 원망만 되새겼다. 자동차만 있었더라면 세금징수원을 훨씬 앞질러 사내를 체포하고 다이아몬드까지 손에 넣었을 것이다. 그렇다면 그의 눈앞에는 모래평원이 아니라 새로운 삶을 시작할 서쪽 도시가 있었을 것이다.

경찰관은 철길을 따라 걷기 시작했다. 그의 머릿속은 다이아몬드에 대한 생각으로 가득 찼다.

임신부, 짐꾼

하늘은 별천지였지만 소년이 원하는 별은 보이지 않았다. 그는 싸늘한 모래바닥에 드러누워 가늠할 수도 없이 오랫동안 하늘을 올려다보았다. 별들은 무수히 많았다. 그것은 태양처럼 눈이 멀듯이 찬란한 빛은 아니었다. 가까스로 제 곁의 어둠을 몰아낼 정도였으나 그들의 빛은 어둠 속에서 선명했다. 소년의 눈길은 두서없이 별들을 훑었다. 별들은 그대로 모래평원으로 쏟아질 듯 낮게 떴지만 어떤 별도 가깝게 느껴지지 않았다. 소년의 눈빛이 불안과 공포로 휩싸여 흔들렸다. 그는 모래평원 한복판에서 길을 잃었다. 유랑민에게 찾아가는 별자리를 잊었다. 소년의 주변에는 을씨년스레 선 허리 꺾인 고목들, 어둠과 뒤얽힌 음산한 그림자들과 그 안에 도사리고 있는 침묵과 고독뿐이었다. 소년은 모래평원 한가운데서 미아가 되어버렸음을 인정해야

했다.

　차가운 된바람이 불어닥쳤다. 한기가 무자비하게 옷깃을 파고들었다. 귀가 떨어져나갈 듯 아팠다. 소년은 얼어붙은 손끝으로 귀를 감싸며 한숨을 내쉬었다. 코끝엔 아무 감각도 느껴지지 않았다. 허연 입김이 흘러나왔다가 그조차도 바람에 휩쓸려 사라졌다. 추위는 더위만큼이나 집요했다. 담요를 뒤집어쓰고 있어도 한기는 옷 속까지 밀려들었다. 그는 어깨를 잔뜩 움츠린 채 겁에 질려 별자리를 더듬었다. 차 주인이 가르쳐준 별자리가 보이지 않았다. 이제 남은 물통은 하나뿐이고, 그조차도 절반 이상이 비었는데, 소년은 광막한 모래평원에 홀로 남겨져 떨 수밖에 없었다. 모래가 섞인 차가운 바람이 뺨을 후려쳤다. 소년은 입안까지 굴러들어온 모래알을 뱉어냈다. 침을 뱉고 또 뱉어도 모래알은 계속 입안 어딘가에 남아 있어 불편했다.

　모질게 불어치는 찬바람이나 얼어붙은 모래땅보다도 견디기 힘든 것은 고요였다. 바람 부는 소리가 귓가를 사납게 에고 이따금씩 늑대들이 길게 울음소리를 뽑아냈지만 그 소리들은 모두 아득히 먼 곳에서 들려오는 메아리처럼 느껴졌다. 괴괴한 고요는 모래평원에 단단히 똬리를 틀고 앉아 낮밤을 가리지 않고 소년을 묵묵히 지켜보았다. 소년은 깨어지지 않는 단단한 적막이 두려웠다. 오랫동안 말을 하지 않아 점점 지독해져가는 입 냄새, 홀로 보내야 하는 낮과 밤의 긴 시간들, 모래평원을 지배한 침묵이 소년을 두렵게 만들었다. 죽음은 그런 곳에 있는 것 같았다. 바로 곁에서 늘 말없이 함께 걷는 것처럼 느껴졌다. 소년은 모래평원의 더위에 괴로워하다가 죽고 싶지는 않았다. 추위에 떨다가 얼어붙어 죽기 싫었다. 소년은 살고 싶었다. 하지만 그는 모래평원 한가운데서 몇 장의 낡은 담요를 덮은 채 반쯤 빈 물통, 맛없는 질긴 고기와 요구르트가 든 배낭을 끌어안고 추위에 떨었다. 그는 살아남지 못할 것만 같았다.

소름이 끼쳤다. 추위와는 무관하게 소년은 목덜미의 솜털이 솟는 것을 느꼈다. 그는 벌떡 일어나 앉았다. 두려웠다. 죽음이 목전에 다가왔다고 생각하자 가만히 누워 있을 수 없었다. 죽은 사내의 얼굴이 떠올랐다. 창백한 안색으로, 고요히 눈을 감고 있던 그 차가운 얼굴. 소년은 덜덜 떨리는 손으로 담요를 배낭 속에 쑤셔넣고 무작정 걷기 시작했다. 어딘가에 닿기를 바라며 방향을 잡지 않고 그저 걸었다. 눈을 제대로 뜨지 못할 정도로 차가운 바람이 뺨을 모질게 할퀴었다. 한기는 옷 속을 거침없이 파고들어 몸을 꽁꽁 얼어붙게 만들었다. 아무렇게나 고함을 내지르고 싶은 충동이 거세게 치밀었다. 그를 둘러싼 두터운 적막을 깨부수고 갈기갈기 헤쳐발기고 싶었다. 고요한 밤하늘을 짓찢고 밤의 모래평원이 뒤흔들리도록 사납게 고함을 내지르고 싶었다. 그렇지만 목구멍조차 얼어붙은 듯 입을 열어도 답답하게 막힌 신음만 흘렀다. 소년은 절망적으로 입을 다물었다. 소년은 모든 것을 저주했다. 그들을 버리고 떠난 C의 애인을, 차 주인을, 모래폭풍을 예고한 집배원을, 기차가 오지 않는다고 말해버린 세금징수원과 경찰관을 증오하고 저주했다. 그를 모래평원 한가운데로 내몬 C에게도 저주를 퍼부어댔다.

한참 동안 공포에 질려 비틀거리며 걷던 소년은 문득 모래바닥을 기어가는 개미 행렬을 발견했다. 달빛으로 희미하게 보이는 그들은 길이 없는 모래평원에서도 어딘가를 향해 나아갔다. 소년은 홀린 듯 개미들을 따라갔다. 개미들의 행렬은 끝이 보이지 않을 정도로 길었다. 소년은 개미들을 따라 계속 걸음을 옮겼고, 어느 순간 지평선에서 붉게 일렁이는 불빛을 발견했다. 소년은 본능적으로 그 불이 모닥불임을 깨달았다. 그는 개미들을 뛰어넘어 내달렸다. 그의 가슴에 희망이 샘솟았다. 머릿속이 온기에 대한 열망으로 가득 찼다. 내딛는 발걸음 하나하나가 죽음으로부터 멀어졌다. 소년이 거칠게 숨을 내몰아 쉴 때 온몸 가득 생기가 들어찼다. 숨이 벅차다는 사실이 이처럼 기쁜 적이 없었다. 그는 죽음과 고독을 뿌리치고 모닥불이 환히 불 밝히는 그곳으로 정신없이 뛰었다.

바로 그때, 고통에 찬 비명 소리가 모래평원의 침묵을 사납게 휘저었다. 소년은 걸음을 멈추었다. 비명은 드문드문 이어졌다. 잠시 멈추었다가는 다시금 밤하늘을 뒤흔들며 울려퍼졌다. 그가 뿌리쳤던 죽음과 고독이 어둠 속에서 슬금슬금 기어와 소년의 발목을 움켜쥐었다. 지금껏 소년은 그런 비명을 들어본 적이 없었다. 그 비명 소리는 사내가 모래평원을 가로지르는 내내 미친 듯이 울려대던 경적과 비슷했다. 등골이 오싹하고 뒤통수가 섬뜩한, 싸늘한 바람에 실려와 귓바퀴를 감싸는 얼어붙은 숨결에 소년은 소스라쳤다. 조금 전의 뜀박질로 세차게 박동하던 심장이 갈빗대를 파고든 비명에 조용히 숨죽였다. 소년은 발목 언저리가 간지러웠다. 지나쳤던 개미 떼가 그의 발목을 타고 넘어 비명의 근원지로 끊임없이 나아갔다. 소년은 어깨를 잔뜩 움츠리곤 천천히 발을 옮겼다. 지평선을 환히 밝히던 모닥불이 더없이 왜소해 보였다. 텅 빈 모래평원에 메아리치는 비명들로 별빛이 불안하게 술렁였다. 소년의 걸음이 더욱 느려졌다.

마침내 불빛의 영역에 들어왔을 때에는 모닥불이 거의 스러져 있었다. 소년은 모닥불 옆에서 배를 끌어안고 우는 임신부를 발견했다. 옆에선 덩치 큰 사내가 어찌할 바를 모르며 멍하니 임신부를 쳐다보기만 했다. 소년은 그들에게 다가갔다. 산달이 가까워 보이는 임신부는 벌거벗은 다리를 아무렇게나 뻗고 눈물을 흘렸다. 모래가 묻은 더러운 뺨에 눈물 자국이 선명했다. 그녀의 다리 밑에서 피가 김을 피워올리며 싸늘한 모래땅을 적셨다. 짙은 피 냄새가 콧속으로 밀려들었다. 임신부는 더이상 비명조차 지르지 못하고 다만 신음만을 내뱉었다. 소년은 문득 팔이 저려왔다. 죽어가던 사내가 놓아주지 않던 팔, 생의 끄트머리에서 있는 힘껏 팔을 움켜쥐던 사내의 아귀힘이 생생하게 되살아났다. 불안한 침묵이 찾아왔다가 금세 산산조각 났다. 임신부가 몸을 경련하며 뒷덜미가 선득하게 비명을 질러댔던 것이다.

"물! 물이라도 마시시오!"

덩치 큰 사내가 어둠 속을 더듬거리며 물통을 가져왔다. 임신부의 얼굴은 눈물 콧물로 범벅이었고 비명을 내지르는 입가에는 거품이 고였다. 사내가 물을 먹이려고 했지만 그녀는 사납게 물통을 쳐냈다. 물통은 데굴데굴 굴러와 소년의 발에 부딪치고서야 멈추었다. 소년은 발치의 물통을 빤히 내려다보았다. 그의 앞에 엎어진 물통에서 물이 흘러내리며 모래땅을 적셨다. 소년이 물통에 완전히 눈길을 빼앗겼을 때 비명이 뚝 그쳤다. 그 틈을 놓치지 않고 불길한 기운의 적막이 밀려들었다. 그들은 꼼짝하지 않고 임신부를 바라보았다. 그녀는 모래바닥을 뒹굴며 손톱에서 피가 흐르도록 땅을 긁어댔다. 입을 붕어처럼 뻐끔거렸다. 더이상의 비명은 없었다. 그럼에도 소년은 환청처럼 귓가에서 비명 소리가 끊임없이 메아리치는 것 같았다. 임신부가 바닥을 기었다. 그녀의 핏발 선 눈이 어둠 속 어딘가를 헤집었다. 잠시 후 임신부의 움직임이 멎었다.

침묵은 쥐도 새도 모르게 그들 곁에 찾아왔다. 그들은 모두 숨을 멈춘 채 임신부를 바라보았다. 모닥불이 완전히 꺼지면서 어둠이 도래했다. 죽은 듯 가만히 누워 있는 임신부와 그녀의 다리 사이에 검은 형체가 놓여 있었다. 소년은 비틀거리며 그녀에게 가까이 다가갔다. 아기를 낳은 것일까? 하지만 왜 우는 소리가…… 축 늘어진 임신부의 머리맡에서 소년은 멈추었다. 임신부의 다리 사이에 죽은 아기가 있었다. 애초부터 죽어 있었던 것이다. 소년은 죽은 아기에게서 눈을 떼지 못했다. 어둠에 묻혀 아기는 간신히 형태만 보였다.

"이보시오! 정신 차리시오. 괜찮소? 괜찮으면 눈을 깜빡여보시오, 이보시오!"

소년은 소름이 끼쳤다. 무서웠다. 그의 눈앞에 펼쳐진 죽음이 못 견디게 무서웠다. 태어나기도 전에 죽음을 맞이한 아기가, 아기의 시체가 그의 눈길을 붙잡고 놓아주지 않았다. 허기보다도, 갈증보다도 집요한 죽음이 그곳에 있었다. 죽음은 지독스럽고 무자비했다. 아기는 빛 한 줌 보지 못하고 죽었다. 소년은 죽음이 무서웠다. 살고 싶었다. 그는 임신부처럼, 자신이 죽음을 몸에 품고 있는 것같이 느껴졌다. 그가 비틀거리며 물러서다가 담요에 발이 걸려 넘어졌다. 소년은 덜덜 떨리는 몸을 주체할 수 없었다. 한기가 그 틈을 파고들어 몸을 지배했다. 다시는 온기를 느낄 수 없을 것만 같았다. 추위만이 영원히 그의 곁에 머무를 것 같았다.

죽을 것이다. 소년은 확신했다. 그는 모래평원에서 비참하게 죽고 말 것이다. 돌아오지 않는 C의 애인을 기다리다가 소년은 끝내 죽음을 피하지 못할 것이다. 죽음은 소년의 뱃속에서부터 천천히 그를 잠식했다. 모래평원에 발을 디딘 순간부터 죽음은 그의 안에 웅크리고 있었다. 임신부가 죽은 아기를 품고 있었던 것처럼 소년은 야금야금 자신을 파먹는 죽음을 품고 있었다. 죽음은 소년과 C의 유일한 벗, 그들의 귀를 스치는 바람 소리는 죽음의 속삭임, 죽음은 소년의 맥박 소리에 맞추어 맥을 뛰고, 소년은 죽음의 맥박 소리에 맞추어 천천히 맥을 멈출 것이다. 죽음은 모닥불 근처에 머무른다고 뿌리칠 수 있는 것이 아니었다. 죽음은 자신의 손아귀에서 결코 소년을 놓아주지 않았다. 소년은 두려움으로 미칠 것 같았다. 죽은 아기로부터 도저히 눈길을 돌릴 수 없었다. 그 검은 형체가 마치 자신의 미래처럼 보여서 그는 차마 눈을 떼지 못했다. 모래평원의 수많은 밤들 중 하나의 밤에, 소년은 아기처럼 검은 형체가 되어 싸늘한 모래땅에 내버려질 것 같았다.

죽을 수 없었다! 소년은 모래평원 한가운데에서, 자신을 사로잡았던 공포를 뿌리쳤다. 저렇게 죽고 싶지는 않았다. 그는 죽은 임신부의 창백한 얼굴을 바라보았다. 눈을 흡뜬 채 허공을 바라보는 임신부의 텅 빈 눈동자에는 아무것도 없었다. 자신의 마지막 얼굴이 임신부의 저 얼굴처럼 비참해질 수는 없었다. 소년은 엉덩이로 엉금엉금 기어 뒤로 물러났다. 그의 손에 임신부가 내던진 물통이 닿았다. 그는 물통을 집었다. 아직 반쯤 찬 물통에서 물이 꿀렁꿀렁 흔들렸다. 소년은 물을 마셨다. 물맛은 더없이 시원하고 달콤했다. 물은 입안에 달라붙어 있던 끈질긴 모래알까지 씻어내렸다. 나무토막처럼 굳은 혓바닥을 부드럽게 적시고, 딱딱한 목구멍이 말랑해졌다. 끈적거리던 입천장이 매끈하고 축축해졌다. 소년은 한 모금, 또 한 모금 물을 마셨다. 귓가에서 되풀이되던 비명 소리는 이제 아득히 먼 곳에서 울려오는 메아리처럼 현실감이 없었다. 소년은 게걸스럽게 물통을 비웠다. 물은 그의 온몸 구석까지 생기를 실어나르는 것 같았다. 소년은 오랫동안 쌓여온 피로가 말끔하게 씻겨나가는 것을 느꼈다. 그는 마지막 물 한 방울까지 탐욕스럽게 삼켰다. 텅 빈 물통의 주둥이에 혀를 대고 흘러나오는 물방울을 받아마셨다.

비명이 난무했던 바로 조금 전과는 달리 숨 막힐 듯한 정적이 그들 모두를 짓눌렀다. 사내는 죽은 아기에게서 눈을 떼지 못했다. 그는 임신부의 손을 붙잡은 채 중얼거렸다. 그의 목소리는 그날 밤이 지나도록 끝없이 되풀이될 것만 같았다.

"눈을 뜨시오. 여기서 정신을 잃으면 죽을 수도 있소. 힘들겠지만 눈을 뜨고 버텨보도록 하시오. 할 수 있소. 이봐, 눈 좀 떠보라고……"

소년은 귓가에 나지막이 맴도는 사내의 목소리를 무시하며 물통 주둥이를 몇 번이고 혀로 핥았다.

모닥불을 피웠을 때는 이미 사내가 시체를 모두 수습했을 때였다. 소년은 후들후들 떨면서 모닥불에 바짝 붙었다. 모닥불의 온기가 물밀듯 밀려들었지만 쉽사리 몸이 데워지지 않았다. 소년은 문득 자신이 철길로 돌아왔음을 깨달았다. 임신부와 사내는 도시에서 온 여행자였던 것이다. 소년은 모닥불에 더욱 가까이 앉았다. 불길 속에 얼굴을 들이밀어도 뜨겁지 않을 것 같았다. 온기는 아주 천천히 추위를 몰아냈고, 소년은 모래평원에서 처음으로 안락한 기분을 맛보았다. 사내는 소년의 맞은편에 앉아 멍하니 빈 물통들로 탑을 쌓았다. 탑은 계속 무너지길 반복해서 높이 쌓이지 않았다. 그럼에도 사내는 가만히 앉아 있지 못하고 계속 탑을 쌓았다. 와르르 소리를 내며 또다시 탑이 무너졌을 때 사내는 침묵을 깨뜨렸다.

"어디에서 오는 길이오?"

"유랑민을 찾아가다가 길을 잃었어요. 거의 죽을 뻔했는데, 다행히 제 방향을 찾았네요."

말을 내뱉고 난 뒤 소년은 흠칫했다. 그는 철길에 돌아와서 제 방향을 찾았다고 자연스럽게 이야기했다. 철길은 소년의 길이 아니었다. 손을 닦는 데 여념 없던 사내는 그의 굳은 얼굴을 알아차리지 못했다.

"혼자 유랑민을 찾아가다니 어리석은 짓을 했소. 무슨 일이오?"

소년은 목이 메어 대답할 수 없었다. 그는 핏자국으로 얼룩진 사내의 손가락을 바라보았다. 모래평원에 남은 흔적들은 쉽게 사라지지 않는다. 임신부가 모래평원에 잔뜩 흘려놓은 피는 오랫동안 지워지지 않을 것이다.

"일행이 다쳐서 약을 얻으러 가는 길이었어요. 여기가 어디쯤이죠?"

"동쪽 도시와 멀지 않은 곳이오. 종일 걸으면 기차역에 도착할 수 있소."

"서쪽으로 조금 더 가면 일행이 기다리고 있을 거예요."

어둠에 묻혀 아무것도 보이지 않았지만 소년은 서쪽을 등지고 앉았다. 소년과 사내는 함부로 입을 열지 않았다. 그들은 얼어붙은 손을 모닥불에 녹이며 어둠에 묻힌 모래평원을 내다보았다. 어둠이 아가리를 벌리고 있는 차디찬 모래평원에 죽음만이 손을 내밀고 있는 것 같았다. 소년은 오한이 들었다. 그는 모닥불 근처를 두서없이 훑어보면서 몸을 떨었다. 담요로 감싼 시체 두 구와 그림자에 묻은 핏자국, 배낭들, 텅 빈 안장이 있었다. 소년은 주위를 둘러보았지만 말은 없었다. 사내가 안장에 달아놓은 빈 물통들을 풀며 말했다.

"말은 비명 소리에 놀라 달아났소. 달리 묶어둘 곳이 없어 내버려뒀더니."

"곧 모래폭풍이 오는 건 아세요?"

"알고 있소."

"다들 알면서 왜 모래평원으로 오는 거죠?"

"또 누가 모래평원에 왔었소?"

사내가 다급하게 물었다. 소년은 그동안 모래평원에서 만난 사람들에 대해 이야기했다. 집배원 소녀와 세금징수원, 그리고 죽은 남자에 대해 이야기하자 사내가 깊게 한숨을 내쉬었다. 소년은 말을 멈추고 그를 바라보았다. 사내는 흩어진 물통들을 끌어모아 하릴없이 탑을 쌓으며 입을 열었다.

"죽은 아가씨 말이오."

"네."

"그 사내를 찾으러 모래평원에 나왔소."

그들의 시선이 담요로 감싼 시체로 향했다. 소년은 금방이라도 임신부가 담요를 헤치고 비명을 내지를 것 같아 두려웠다. 허공을 향해 홉뜬 그녀의 눈동자가 떠올랐다. 소년은 차마 그 시선의 끝을 따라갈 수 없었다. 시선의 끝에는 죽은 남자가 소년을 지켜보고 있을 것 같았다. 죽은 사람을 앞에 두고 탐욕스럽게 물을 마시던 자신을. 소년은 몸을 떨었다. 그러곤 무릎을 껴안으며 모닥불로 몸을 숙였다.

"나는 저 아가씨가 모래평원을 여행하기 위해 고용한 짐꾼이었소. 아가씨는 당신이 말한 사내로부터 다이아몬드를 빼앗겼소. 다이아몬드를 되찾으러 모래평원으로 나온 거라오."

소년은 모닥불 너머로 짐꾼을 뚫어져라 응시했다. 짐꾼은 물통을 쌓았다.

"경찰관을 아세요? 그 사람이 다이아몬드를 가지고 서쪽으로 갔어요."

"그건 경찰관이 할 일이오."

짐꾼은 서쪽을 바라보았다. 어둠에 가로막힌 시야로는 서쪽으로 뻗은 철길밖에 보이지 않았다. 어둠이 걷힌다고 해도 철길 외에는 아무것도 없을 것이다. 모래평원은 불모의 땅, 죽음이 안식하는 땅, 해와 함께 고통이, 달과 함께 고독이 찾아드는 외롭고 무서운 땅이었다. 짐꾼은 사내가 모래평원으로 달아난 이유를 이해할 수 있었다. 누구도 이런 땅까지 그를 쫓아오지는 않을 것이다. 짐꾼은 홀로 모래평원을 가로지를 자신이 없었다.

다이아몬드 사건은 한동안 도시를 떠들썩하게 했다. 짐꾼은 신문을 챙겨 읽는 편은 아니었지만 유명한 다이아몬드 사건에 대해서는 잘 알고 있었다. 동쪽 도시에서 제일로 치는 갑부가 변호사에게 특이한 유서를 불러준 것이 모든 사건의 시작이었다. 그가 전 재산과 함께 귀한 보물인 다이아몬드까지 애완견에게 남기겠다고 선언한 것이다. 갑부의 하나뿐인 아들과 막 그의 아기를 임신한 젊은 아내는 경악했다. 갑부의 뜻은 완고했다. 그들은 갑부를 설득하기 위해 갖은 애를 썼지만 끝내 그의 고집을 꺾지 못했다. 대신 갑부가 한발 물러서 조건을 내걸었는데, 개가 죽을 경우에 남은 재산을 모두 아들에게 남기겠다는 것이었다. 이번에는 아내가 덜컥 겁이 났다. 갑부와 마흔 살 가까이 차이 나는 젊은 아내는 이제 막 갑부의 아기를 가졌기 때문이다. 갑부는 그녀가 다른 남자의 아기를 가졌다고 확신했기 때문에 유언을 다시 번복하지 않았고 그 일은 오랫동안 사람들 입에 오르내렸다.

갑부가 키우던 개가 사라진 것은 어느 정도 일이 마무리 지어졌을 때였다. 갑부의 아들이 개를 몰래 납치해 죽였다는 소문이 퍼졌지만 증거는 없었다. 갑부는 애완견이 모래평원의 철길을 따라갔다고 굳게 믿고 있었다. 그 무렵, 아내의 산달은 점점 가까워졌다. 그들은 아기를 낳으면 친자 확인 검사를 받고 유언장을 새로 쓰기로 했다. 재산 문제는 새로운 국면에 접어들었다. 세금징수원은 개를 찾아달라는 갑부의 부탁을 받고 모래평원으로 떠났다. 갑부의 아들은 부담감을 이기지 못했다. 모든 재산이 그의 손아귀에 들어올 찰나에 사건이 예상치 못하게 흘러갔던 것이다. 세금징수원이 개를 찾거나 아내가 진짜 갑부의 아기를 낳으면 아들에게 남겨지는 재산은 크게 줄어드는 것이다. 아들의 부담감은 점점 커져만 갔고 젊은 아내의 배는 차근차근 부풀었다.

그때쯤 신문은 더이상 다이아몬드 사건에 대해 떠들어대지 않았다. 짐꾼도 다이아몬드 사건에 대해서는 거의 잊어버렸다. 이따금씩 다이아몬드 사건을 빗댄 농담 몇 개가 술자리에서 나오는 것이 전부였다. 다이아몬드 사건은 사람들의 기억 속에서 점점 잊혀갔다. 신문들이 일제히 그 일을 다시 다룬 것은 단 하룻밤 사이에 일어난 사건 때문이었다. 아버지의 젊은 아내에게 재산을 모두 빼앗길까봐 겁이 난 아들이 결국 일을 저질렀던 것이다. 아들은 금고에 보관된 다이아몬드를 훔쳤다. 그 모습을 목격한 젊은 아내가 아들을 막아섰지만 그는 망설임 없이 부푼 배를 걷어찼다. 아내는 거꾸러졌다. 그 배에 몇 번이나 발길질을 해대고선 아들은 모래평원으로 달아났다. 그 일은 오랫동안 신문 1면을 차지했다. 젊은 아내는 기적적으로 유산만은 면했다. 유산을 할 수는 없었다. 아기는 젊은 아내에게 있어 모든 것이었다. 삶, 희망, 돈.

"하지만 유산이 맞았던 거지. 당신도 어젯밤에 보았잖소? 애가 이미 죽어서 나온 것을……"

짐꾼이 마른침을 삼켰다. 아기의 쭈글쭈글한 얼굴이 머릿속에서 떠나지 않았다. 아기는 세상에 태어나 첫 울음도 터뜨리지 못하고 빛 한 줌 없는 뱃속에서 이미 죽음을 맞이한 것이다. 무자비한 발길질에 채여 영문도 모른 채로. 빈 물통이 와르르 무너졌다. 짐꾼은 물통들을 그러모아 다시 차곡차곡 탑을 쌓았다.

애완견과 아들을 모래평원으로 보낸 갑부는 자신마저도 모래평원으로 떠날 준비를 했다. 애완견과 아들을 찾기 위해서였다.

그는 개에게 모든 재산을 남기며, 개가 죽었을 땐 아들에게 전 재산을 남기겠다는 유서를 수정하지 않고 모래평원으로 떠났다. 시에 막대한 뇌물을 먹여 직접 자동차를 끌고 모래평원으로 나선 것이다. 그가 떠나고 얼마 지나지 않아 젊은 아내도 모래평원에 가기로 결정했다. 아들이 훔쳐간 다이아몬드를 되찾고 남편을 데려오기 위해서였다. 아기를 낳을 때가 가까워졌지만 그녀에게는 재산에 대한 어떤 권리도 없었고 당장의 양육비마저 없었다. 젊은 아내에게는 별다른 선택권이 없었다. 그녀는 다이아몬드를 찾아야만 했고, 그리하여 짐꾼을 고용해 모래평원으로 나섰다.

"하지만 경찰관이 지나가고 난 뒤엔 누구도 만나지 못했어요."

"워낙 늙은 양반이니 어딘가에서 심장 마비라도 걸려 죽었을지 모르지."

짐꾼과 소년은 담요로 감싼 임신부와 그녀의 아기를 바라보았다. 머리끝까지 덮은 담요 때문에 그녀의 얼굴을 볼 수 없었다. 그럼에도 소년은 등골이 섬뜩했다. 담요로는 덮을 수 없는 죽음의 기운이 닿을 듯 가깝게 느껴졌다. 모래평원에서 죽음은 너무 흔하다. 임신부의 뱃속에 오랫동안 웅크리고 있었을 죽음을 생각하자 소년은 속이 불편해졌다. 그녀는 죽은 아기를 살아 있다고 믿으며 품고 지내왔던 것이다. 차갑게 식은 시체를, 한 번도 눈뜨지 못한 아기를. 소년은 무릎을 더욱 세게 끌어안았다.

"다이아몬드는 경찰관이 가져갔잖아요."

"원래 다이아몬드는 경찰관이 가져오는 거라오. 빼앗긴 물건을 되찾아주고 범인을 체포하는 일이 경찰관들이 하는 일이지. 그 사람은 다이아몬드를 갖고 다시 동쪽으로 돌아올 것이오."

"당신은 이제 어떡할 건데요?"

"내일 아침이라도 동쪽 도시로 돌아갈 생각이오. 이제 모래평원에 볼일이 없으니."

짐꾼이 목덜미를 문질렀다. 오한이 든 것인지, 공포 때문인지 소름이 끼쳤다. 그는 빈 물통들을 천천히 쌓았다. 물통은 동그란 모양에 바닥이 움푹 들어가 탑을 쌓기 어려웠다. 그럼에도 짐꾼은 고집스럽게 탑을 쌓았다가 무너뜨리길 반복했다. 또다시 무너진 물통들이 소년에게로 굴러왔다. 소년은 빈 물통들을 짐꾼에게 건넸다.

"자꾸 무너질 걸 뭣하러 쌓아요."

그는 소년이 건넨 물통부터 탑을 쌓기 시작했다.

"알고 쌓는 거요. 아무것도 하고 있지 않으려니……"

한동안 탑 쌓기에 몰두하던 짐꾼은 계속 탑이 무너지자 쌓는 일을 멈추었다. 그는 빈 물통들을 한쪽으로 밀어두고 담요를 바닥에 깔았다. 소년과 짐꾼은 모닥불을 가운데 두고 자리에 누웠다. 불안이 뱃속에서 고동쳤다. 그들은 잠들 생각조차 하지 못하고 밤하늘을 노려보았다. 짐꾼이 불쑥 입을 열었다.

"모래평원이 아름답다는 생각 든 적 없소?"

아침 해가 뜰 때와 저녁 해가 지는 무렵은 소년이 본 경치 중에서 손에 꼽을 만한 장관이었다는 소년의 말에 짐꾼은 고개를 저었다.

"뜨거운 볕이 내리쬐는 모래평원의 한낮 말이오. 미친 듯이 쏟아지는 땡볕 때문에 눈앞이 혼미하고 갈증 때문에 정신이 나 가버릴 것 같은 그 한낮이 아름다워 보인 적 없소?"

소년에게 있어서 모래평원은 아름다움이 아니라 고통으로 기억되었다. 모래평원은 C에게 원인을 알 수 없는 가려움증을 일으키고 제대로 먹지 못해 변비를 앓게 하는 혹독한 곳이었다. 매일같이 쏟아지는 더위를 견디지 못한 C는 하루하루 갈비뼈가 드러나도록 말라갔다. 추위는 쉽게 잠들지 못하도록 지독스러웠다. 개에게 물린 상처는 결국 C의 온몸을 썩어들어가게 만들 것이고 그는 죽을 것이다. 모래평원의 불볕이 내리쬐는 철길 위에서 혼자 쓸쓸히 죽으리라. 소년은 몸서리쳤다. C는 떠나야 한다. 모래평원은 결코 그 누군가의 보금자리가 될 수 없다. 결국 C의 시체는 철길 위에 널브러져 하이에나에게 물어뜯기고, 솔개들에게 제 살점을 전부 내어주고 말 것이다.

모래평원은 결코 아름답지 않다. 해가 뜨고 질 무렵의 스쳐지나가는 풍경만으로 모래평원을 아름답다고 말할 수는 없었다. 모래평원은 끔찍한 땅이다. 사람이 살 수 없는 땅이므로 그 땅은 아름답다고 할 수 없다. 소년은 정수리를 꿰뚫고 내장을 태울 듯이 내리쬐는 햇볕을 떠올렸다. 이 순간 담요를 들추고 그의 옷깃을 파고드는 소스라치게 서늘한 한기를 느꼈다. 그는 한낮의 햇볕이 쏟아지는 모래평원에서 철길을 따라 떠난 C의 애인을 기억했다. 다시 돌아보는 일 없이 철길을 따라서 앞으로, 그저 앞으로만 나아가던 그녀의 뒷모습. 붙잡는 C를 돌아보던 차 주인의 우는 얼굴. 소년은 모래평원을 증오했다. C와 C의 애인 사이에는 절대 좁혀질 수 없는 간극이, 모래평원이 버티고 있었다. 모래평원은 아름답지 않았다. 소년은 단호히 고개를 저었다.

"이상하지. 오늘 낮에 저 아가씨와 모래평원을 걸을 때까지만 해도 여기가 썩 나쁘지만도 않다고 생각했거든. 한 걸음 내디딜 때마다 이 척박한 땅이 이상하게도 찬란하게 빛났소, 모래알 하나하나가 햇빛을 반사시키며 다이아몬드처럼 반짝반짝……"

짐꾼의 목소리가 낮게 젖어들었다. 소년은 그의 눈앞에 펼쳐진 모래평원을 상상할 수 없었다. 그에게는 모래평원의 지옥 같은 풍경이 매일 털끝만치의 다름도 없이 똑같이 펼쳐져 있었다. 하물며 다이아몬드처럼 빛나는 모래알이란 있을 수 없었다. 거칠고 굵은 모래알은 그의 발바닥에 아프게 박혀왔고 입안에서 성가시게 굴러다녔다. 바람에 쓸려와서는 거칠게 뺨에 부딪치고 함부로 옷 속을 파고들었다.

"다이아몬드가 뭐라고들 그렇게 서로 죽고 죽이려 드는지. 그렇게 해서 얻은 다이아몬드로 뭘 하겠소? 나라면 어떻게 할 줄을 몰라 그냥 버렸을지도 모르겠소. 그렇게까지 하면서 다이아몬드를 갖고 뭘 하고 싶었을까 궁금하지 않소?"

"글쎄요, 그냥 살고 싶었던 게 아닌가요?"

죽은 사내가 다이아몬드를 갖고 무얼 하고 싶었는지는 궁금하지 않았다. 사내는 죽어가면서까지 다이아몬드를 빼앗길까봐 겁냈다. 그는 살고 싶었던 것뿐이다. 소년은 영롱한 빛을 내는 다이아몬드를 떠올렸다. 그 빛을 보면 모든 것이 잘될 것만 같았다. 낯선 도시로 가더라도 다이아몬드만 있다면. 죽은 사내도, 경찰관도, 임신부도, 도시 사람들이라면 모두가 갈망하는 다이아몬드가 있다면. 소년은 도시로 가고 싶었다. 살아남고 싶었다. 더는 모래평원의 삶을 견디며 살지 않아도 된다. 그 하나만으로도 소년은 한 번도 가본 적 없는 도시가 그리웠다. 소년의 바람은 그뿐이었다. 짐꾼은 소년의 대답에 아무 대꾸도 하지 못했다. 그는 그저 침묵을 지켰다.

소년은 짐꾼의 그림자가 다시 탑을 쌓기 시작하는 것을 보았다. 오랫동안 침묵이 이어지자 차츰 졸음이 밀려들었다. 길을 잃고 모래평원을 헤매는 동안 쌓였던 피로가 한꺼번에 몰려왔다. 죽음을 맞닥뜨리며 덮쳐왔던 공포가 느릿느릿 물러섰다. 소년은 눈을 느리게 깜빡이며 모닥불을 바라보았다. 도시에 가면 안락함이 있을 것이다. 추위를 쫓는 모닥불, 속을 달랠 수 있는 따뜻한 물을 언제든지 구할 수 있었다. 길을 잃고 죽음의 공포에 사로잡히는 일도 없다. 소년은 다음 날 아침 짐꾼을 따라 도시로 떠나고픈 충동을 간신히 억눌렀다. 그는 모래평원에 C를 남겨놓고 떠날 수 없었다. 모래평원의 한가운데서 길을 잃고, 섬뜩한 고독과 두려움을 아는 그만은, C를 혼자 남겨둘 수 없었다.

탑이 와르르 무너졌다. 사내가 물통을 밀어냈다.

"당신은 왜 모래평원에 머무르시오?"

"애인을 기다리고 있었지만 곧 떠날 거예요."

"애인이 돌아왔소?"

"아뇨. 지쳐서요."

사내는 머뭇거리다가 물었다.

"그러다 돌아오면 어쩌려고 그러시오?"

"돌아올 거라면 떠나지 않았을 거예요."

소년은 그 순간 세상에 혼자 남은 듯한 기분을 이해했다. 그의 곁에는 아무도 없었다. 죽은 임신부와 그녀의 아기가 누워 있고, 그를 이해하지 못하는 짐꾼이 떨리는 손으로 물통을 쌓았다가 무너뜨렸다. 소년은 그곳에 혼자였다. 소년은 짐꾼에게 털어놓을 수 있었다. 그가 느끼는 모든 불안, 공포, 고독, 이따금씩 목덜미를 스치는 죽음들에 대해 이야기할 수 있었다. 무엇보다도 침묵, 소년을 괴롭히는 모래평원의 절대적인 지배자, 낮과 밤이 바뀌어도 늘 그 자리에 버티고 있는 숨 막히는 적막. 소년은 그것들에 대해 지금 당장이라도 짐꾼에게 털어놓을 수 있었다. 하지만 그럴 수 없었다. 그는 짐꾼에게 단 한마디도 꺼내지 못했다. 짐꾼은 소년을 이해하지 못할 것이다. 짐꾼은 살인적인 햇볕이 쏟아지는 모래평원에서 모래알들이 몸을 뒤채며 빛내는 찬란한 빛깔들을 보았다. 무심한 밤하늘 위로 낮의 찬란함을 덧그리는 사람에게는 소년의 목소리가 닿지 않는다. 소년은 C의 애인이 말한, 세상에 혼자 남은 기분을 이해했다. 그는 그 기분을 느끼고 있었다.

사람들은 전부 어디론가 떠나고는 다시 돌아오지 않는다. 사람들이 견딜 수 없는 것은 결국 그들 자신이다. 설명할 수 없는, 내면 깊숙한 곳에서 터져나오는 공포, 불안, 위협들을 견딜 수 없는 것이다. 사람들은 표현할 수 없는 스스로를 피해 어딘가로 떠나간다. 평생 동안 떠돌아다닐 수밖에 없었다. 누군가에게 가르쳐주거나 납득시켜주기에는 자신조차도 원인을 알 수 없는 두려움이기 때문에. 그들은 돌아올 수 없는 것이다.

"애인이 돌아왔을 땐 어쩔 셈이오?"

"그렇다면 그녀가 모래평원에서 기다리겠죠. 내가 돌아올 때까지."

눈이 감겼다. 짐꾼은 대답이 없었다. 소년은 밀려드는 졸음을 이기지 못하고 눈을 감았다. 모닥불 타오르는 소리가 아늑하게 귓가에 맴돌았다.

임신부 옆으로 개미 한 마리가 천천히 기어갔다. 그 뒤를 이어 개미 한 마리가 나타났다. 개미들은 또 어디에선가부터 길게 줄을 지어 다가오고 있었다. 소년은 뺨을 두드리는 익숙한 햇볕을 느끼며 눈을 떴다. 그의 코앞으로 개미들이 줄지어 갔다. 개미들은 임신부 옆을 지나쳐 철길로 향했다. 소년은 일어나 앉아 개미들을 지켜보았다. 개미들은 핏자국 위도 아랑곳 않고 거침없이 나아갔다.

아침이 어슴푸레 밝아오며 어젯밤의 흔적이 적나라하게 드러났다. 임신부가 손톱으로 모래바닥을 긁어대던 처참한 자국이 고스란히 남아 있었다. 밤중에는 어둠에 묻혀 보이지 않던 핏자국들도 있었다. 그녀가 벗어던진 바지는 피로 물들었고, 흰 허벅지에도 피가 말라붙은 자국이 남았다. 밤새 불어댄 바람으로 임신부의 몸을 덮었던 담요가 날아갔다. 아기는 담요 한 장으로 단단히 감싸 묶을 수 있었기 때문에 지난밤의 매서운 바람에도 무사했다. 짐꾼은 임신부 근처에서 몸을 잔뜩 웅크린 채 잠들어 있었다. 침낭과 담요에도 핏자국이 여실히 남았다. 소년은 임신부의 얼굴을 멍하니 바라보았다. 그가 죽은 사람을 보는 것은 이번이 두번째였다. 그녀의 얼굴은 사내의 얼굴처럼 창백하고 희었다. 눈물 자국이 선명하게 남은 뺨이나 모래먼지로 뒤엉킨 머리칼, 지저분한 몰골들이 모두 사내와 비슷했다. 소년은 반쯤 감지 못한 그녀의 눈을 감겨주었다. 그녀는 섬뜩할 정도로 차가웠다. 아침 햇살도 그녀에게는 온기를 되찾아주지 못했다. 소년은 죽은 임신부의 얼굴을 한동안 응시했다. 그녀는 죽기 전에 끔찍스런 고통에 시달렸으면서도 죽은 얼굴은 언뜻 평온해 보였다. 하지만 죽음이 빠져나간 임신부의 공허한 배는 눈에 띄게 푹 꺼져 있었다.

그는 임신부의 귀밑으로 지나가는 개미들을 지켜보았다. 개미는 핏자국을 넘어 거침없이 나아가다 낯선 것과 맞닥뜨렸다. 모래먼지로 뒤엉킨 임신부의 무성한 머리칼이 개미의 앞길을 가로막았던 것이다. 머리카락이 엉망으로 엉켜 있는 곳 앞에서 개미는 잠시 당황한 듯 더듬이를 뒤흔들었다. 머뭇거리던 개미가 마침내 흙먼지로 뒤덮인 미로 같은 머리채를 타고 올라갔다. 개미는 임신부의 싸늘하고 차가운 이마에 올라서서 멈추었다. 더듬이를 흔들며 방향을 가늠하더니 다시 머리카락을 타고 신중하게 내려가기 시작했다. 개미가 머리칼 위에 매달렸을 때 뻣뻣이 세워져 있던 임신부의 고개가 맥없이 기울었다. 순식간에 개미는 수많은 머리카락의 타래로 빠져버렸다. 소년은 숨마저 죽이고 여자의 머리카락 속을 뚫어져라 응시했다. 개미는 끝내 다시 나타나지 않았다.

머리카락에 빠진 개미는 행렬의 선두였던 모양이다. 곧이어

152

열 마리쯤 되는 개미 행렬이 나타났다. 그들은 조금 전의 개미처럼 임신부의 머리카락 앞에 멈춰 섰다. 여자의 머리카락이 그들의 앞길에 큰 장애라도 되는 듯 개미들은 꼼짝도 하지 않았다. 맨 선두의 개미는 조금 전의 개미가 그랬듯 의심스러운 듯이 더듬이를 휘둘렀다. 머뭇거리던 선두 개미는 결국 임신부의 머리카락 위를 기어오르기 시작했다. 개미들은 일제히 머리카락에 달라붙어 이마에 올라섰다. 그들은 이마를 지나 다시 머리카락에 매달려 내려가기 시작했다. 그때 막 새우잠에서 깬 짐꾼이 임신부를 보곤 그녀의 고개를 힘주어 바로잡았다. 꺾여 있다시피 했던 임신부의 고개가 바로 놓이면서 머리카락에 매달려 있던 개미들이 모조리 바닥에 깔렸다. 개미는 어느 곳에서나 틈새를 발견해 숨어드는 재주가 있으니, 머리카락 틈으로 몸을 피해 살아남았을 것이다. 그렇다곤 해도 몇 마리는 즉사할 수밖에 없어 보였다.

짐꾼은 임신부의 고개를 바로 해놓고 침낭과 담요를 정리하기 시작했다. 소년도 떠날 채비를 했다. 문득 개미 한 마리가 눈에 띄었다. 개미는 막 임신부의 머리카락에서 탈출해 그녀의 새하얀 목덜미에서 재빨리 기어나왔다. 개미는 다급히 목덜미를 타고 내려와 옷 속으로 들어갔다. 개미는 그녀의 옷으로 들어가 다시 나오지 않았다. 소년은 멍하니 임신부의 축 늘어진 몸을 바라보았다. 그리고 옷가지 안을 누비고 다닐 개미의 움직임을 머릿속에 그려보았다. 막 생명을 건진 개미가 탈출구를 찾아 이리저리 다급히 움직이는 모습은 썩 유쾌한 상상은 아니었다.

임신부의 옷 속은 서늘하고 불쾌한 공기로 가득 채워져 있다. 죽은 살 냄새는 개미에게 충격적인 악취일 것이다. 개미는 죽기 직전까지 비 오듯 식은땀을 흘리던 여자의 허연 살결 위에서 더듬이를 미친 듯이 움직이며 탈출구를 찾아 헤맨다. 살이 투실투실하게 오른 겨드랑이에서 어깨선을 타고 올라와 부푼 유방 위를 맴돈다. 개미는 곧 푹 꺼진 배 위로 미끄러지는데 곧장 주름진 배꼽 속에 빠져 잠시 허우적댄다. 당황하던 개미는 간신히 배꼽에서 나온다. 나오자마자 펼쳐지는 급격한 경사에 허리춤까지 굴러내려간다. 개미는 아슬아슬한 경사를 기어올라가다가 미끄러진다. 무성한 터럭과 마주친 개미는 조심스럽게 그 속으로 들어선다. 그곳은 부드럽고 여리지만 시큼한 냄새와 피 냄새로 진동을 한다. 아기를 낳느라 피범벅이지만 피부는 싸늘하고 몹시 창백하다. 조심스럽게 터럭 속을 기어가던 개미는 순간 발을 헛디뎌 엉덩이 골로 떨어진다. 엉덩이에 거꾸로 매달린 개미가 겨우 허벅지를 지나쳐 무릎 위로 올라선다. 지친 개미는 주름이 자글자글한 동그란 무릎에서 곧게 뻗은 정강이로 기어간다. 개미는 불쑥 튀어나온 복사뼈와 만난다.

소년은 개미의 행적을 떠올리며 임신부의 발치로 다가갔다. 개미는 복사뼈를 돌아나와 발뒤꿈치에서 발바닥 위로 느리게 기

154

어올라가는 중이었다. 마치 임신부의 발바닥에 찍힌 작은 점처럼 보였다. 새끼발가락 위에 올라간 개미는 오랜 여행을 마치고 숨을 돌리는 여행자처럼 보였다. 개미는 더듬이도 움직이지 않고 발가락 끝에 한참 머물렀다가 모래땅으로 내려왔다. 개미는 철길을 향해 느릿느릿 기어갔다.

"이제 그만 가야겠소."

짐꾼이 말을 꺼냈다. 그는 빈 물통들을 모두 엮어 배낭에 매달았다. 달아난 말은 다시 돌아오지 않았다. 짐꾼은 남은 배낭 하나, 임신부와 아기의 시체를 두고 떠날 수밖에 없었다. 그의 배낭은 눈에 띄게 작아졌다. 소년의 눈길은 철길에 닿은 개미에게서 떨어지지 않았다. 개미는 철길 위에서 잠시 머뭇거리는가 싶더니 서쪽을 향해 가기 시작했다. 소년은 짐꾼이 넘겨준 물이 꽉 찬 물통들과 담요를 배낭에 집어넣었다.

"웬 개미가 이렇게……"

임신부의 시체를 안아 철길 옆으로 옮기던 짐꾼이 중얼거렸다. 짐꾼의 시선은 임신부의 지저분한 머리채에 꽂혀 있었다. 그녀의 뒤엉킨 머리카락 타래에서 개미들이 끝도 없이 떨어졌다. 개미들은 밤새 임신부의 머리카락을 지나가다 그 속에 빠져버린 모양이었다. 임신부의 머리카락 속에서 개미들은 끝도 없이 추락했다. 짐꾼은 소름이 끼친다는 듯 임신부의 시체를 서둘러 내려놓았다. 여자의 머리카락 속에서 떨어져나온 개미들이 슬금슬금 하나의 행렬을 만들어 어딘가를 향해 나아갔다. 개미란 것들은 전부 저렇게 한 줄을 만들어 어딘가로 끊임없이 행렬한다. 그 끝에 무엇이 있든 개미들은 함께 몰려갔다가 함께 돌아온다. 소년은 그들의 시작점과 도착점을 본 적이 없었다. 개미들은 모래평원 어디에서 왔다가 사라지는 걸까. 소년은 줄지어 철길을 넘어 어디론가 바삐 기어가는 개미들을 지켜보았다. 새카만 개미 떼는 금세 시야에서 사라졌다.

"당신은 어떻게 할 참이오?"

임신부와 아기의 시체를 반듯하게 눕히며 짐꾼이 물었다. 소년은 서쪽 지평선을 바라보았다. 더위는 평소처럼 전망적으로 쏟아졌지만 그는 두렵지 않았다. 그의 앞에는 곧게 펼쳐진 길이 있었다.

"일행을 찾아야 해요."

"서두르는 게 좋을 거요. 모래폭풍이 언제 닥칠지 모르니까."

소년은 모래폭풍이 닥친 모래평원을 떠올렸다. 모래폭풍이 몰고 올 비구름에 대해 생각했다. 비는 척박한 땅을 적셔 부드럽게 만들고 한낮의 열기를 한풀 꺾을 것이다. 맑은 물웅덩이가 샘물처럼 깊게 고여 갈증이 일면 얼마든지 물을 떠 마실 수도 있을 것이다. 소년은 빗줄기로 시야가 흐릿한 모래평원을 상상해보려 했다. 아무것도 떠오르지 않았다. 그는 모래폭풍이 오기 전에 도시로 달아나고 싶은 마음뿐이었다. 모래폭풍은 평원에 비와 함께 생기를 뿌릴 테지만 소년과 C에게는 죽음의 손길을 내밀 것이다.

"모래폭풍이 지난 다음에 시체를 수거하러 사람들이 올 거요."

"모래폭풍이 지나가고 나서도 시체가 그대로 남아 있을까요?"

"어쨌든 구색은 맞춰야 할 테니까. 누군가 오기는 올 것이오."

"난 서쪽으로 갈 거예요."

그들은 잠시 입을 다물고 침울한 눈길로 지평선 너머를 바라보았다. 햇볕은 어제와 마찬가지로 뜨겁게 내리쬐었고 모래땅에 스며든 피는 거무스름하게 말라붙었다. 어젯밤 난도질당했던 적막은 언제 그랬냐는 듯 그들을 짓눌렀다. 땅김으로 지평선이 흐릿하게 보였다. 낮이었다. 소년은 이 고통스러운 더위 어디에서도 짐꾼이 보는 빛깔들과 광채들을 발견할 수 없었다. 그는 바작하게 내리쬐는 태양의 밝은 빛, 하늘의 푸른 빛깔, 끝없이 펼쳐진 누르스름한 모래알 그 이상의 것을 발견할 수 없었다. 사방이 아득히 멀게만 보였다.

"콜라 한 잔만 마실 수 있다면 소원이 없겠소."

소년은 짐꾼을 돌아보았다. 키가 크고 건장한 그의 뒷모습이 세금징수원의 뒷모습과 별반 달라 보이지 않았다. 지치고 무거운 어깨는 세금징수원의 그것처럼 피로에 익숙해 보였다. 그는 소년의 대답을 기다리지 않고 동쪽으로 걸어갔다. 짐꾼과 소년

은 서로 등을 돌리고 반대편으로 걸어갔다. 짐꾼은 동쪽으로, 소
년은 서쪽으로, 다시 돌아보는 일 없이.

개와 콜라와 썩지 않는 노인

자동차가 세 대로 늘었다. 낯선 자동차를 발견한 뒤 소년의 걸음이 점점 빨라졌다. 짐꾼이 말한 갑부의 자동차임이 분명했다. 그가 헐떡이며 자동차들과 가까워졌을 때 그늘 안에서 잠든 C의 모습이 보였다. 그는 아무렇게나 팔다리를 뻗고 누워 꼼짝도 하지 않았다. 소년은 덜컥 겁이 났다. 그는 발소리를 죽이고 C에게 다가갔다. 그에게 다가갈수록 C가 죽었을지도 모른다는 생각이 들었다. 소리쳐 불러보고 싶었지만 대답이 없을까봐 입이 떨어지지 않았다. 소년은 차 주인의 자동차 그늘 안에서, 피골이 상접한 채로 죽은 듯 잠들어 있는 C의 앞에 조심스럽게 앉았다. C는 숨을 쉬고 있었다. 배가 얕게 오르내렸다. 그는 숨소리조차 내지 않았다. 소년은 안도하며 C의 옆에 쓰러지듯 누웠다. 고단한 여행이 끝을 맺었다. 그는 C가 깨어나면 도시로 떠날 작정이었다. 소년은 열기로 뜨거운 모래바닥에 누워 하늘을 바라보았다. 모래폭풍의 조짐은 전혀 보이지 않았다.

그는 짐을 풀어놓고 주머니에서 스카프를 꺼내 배낭에 맸다. 빨간색 스카프는 전처럼 그의 눈길을 사로잡지 못했다. 소년은 스카프보다도 다이아몬드의 광채가 훨씬 더 신비롭게 느껴졌다. 스카프의 무늬는 고작 스카프의 위에 수놓아졌을 뿐이지만 다이아몬드가 흩뿌리는 빛은 사방으로 뻗어나갔다. 그 찬란한 빛들의 향연이란! 허공 속에서 반사되어 제멋대로 뻗어나가는 선명한 빛살이란! 빨간색 스카프는 전처럼 매혹적으로 보이지 않았다. 소년은 스카프를 대충 배낭에 매놓고는 짐을 모래평원 위에 늘어놓았다. 소년은 C의 손아귀가 반짝거리는 것을 발견했다. 그는 다이아몬드를 꽉 움켜쥔 채 잠들어 있었다. 소년이 그에게서 다이아몬드를 가져오려다가 멈칫했다.

그가 꺼내놓은 물통에서 개미 한 마리가 기어나왔다. 그 빈 물통은 어젯밤 임신부가 내던져 소년이 게걸스럽게 비웠던 것이었다. 개미는 그 물통에서부터 거침없이 모래알을 타 넘고, 소년의 발등 위를 간질이며 올라섰다. 개미는 조금의 망설임도 없이 발등을 지나치곤 C의 목선을 타고 올라왔다. 소년이 개미를 떼어내려고 했을 때 이미 개미는 C의 뺨을 건너 귀에 도달했다. 모래먼지가 묻고 거뭇하게 때가 낀 C의 귓바퀴로 내려온 개미가 별안간 귓구멍 안으로 쏙 들어가버렸다. 마치 그곳이 처음부터 제

집이었다는 듯 귓속의 까마득한 어둠 속으로 망설임 없이 사라졌다. 소년은 문득 C의 목덜미 아래로 지나가는 개미 두어 마리를 더 발견했다. 그들은 그곳을 태연스레 지나쳐가버렸다. 그때 C가 잠에서 깨어나더니 얼굴을 찌푸리며 목을 벅벅 긁어댔다.

C는 그의 옆에 앉아 있는 소년을 보곤 돌아누웠다. 소년은 웅크리고 누운 그의 여윈 등을 바라보았다. 그는 C의 귓속으로 들어간 개미를 생각하고 있었다. 그동안 그 개미는 내밀한 어둠이 들어차 한 줌의 빛도 없는 C의 몸속에서 살아갔던 것이다. 몸속, 그 어두컴컴한 곳에서 개미는 어떻게 밖으로 나올 수 있는 출구를 찾아내는 것일까. 소년은 붉게 긁은 자국이 남은 C의 목을 보았다.

"자동차가 늘었더라."

C가 목을 긁으며 툴툴거렸다.

"알아. 가보지도 않았어."

"언제 도착했는데?"

"네가 떠나고 얼마 안 돼서 왔어."

소년은 경찰차 옆에 나란히 서 있는 새로운 자동차로 갔다. 창문 안을 들여다본 소년은 흠칫 뒤로 물러섰다. 노인이 핸들에 머리를 묻고 팔을 축 늘어뜨리고 있었다. 소년은 자동차 문을 열었다. 그는 노인의 어깨를 밀었다. 틀림없이 노인은 죽었다. 그럼에도 소년은 노인의 코밑에 손가락을 가져다댔다. 노인은

세금징수원만큼이나, 어쩌면 그보다도 더 늙은 얼굴이었다. 그
는 온몸의 뼈다귀가 불거져나왔는데 그 모습이 차라리 뼈다귀
위에 가죽 한 겹만 뒤집어씌운 꼴이었다. 노인의 눈구멍은 움푹
꺼져 있었다. 눈물을 흘리더라도 눈구멍 안에 그대로 고여 있을
것처럼 깊었다. 노인의 얼굴에 잡힌 주름들은 칼로 베어낸 것처
럼 깊이 새겨져 있었다. 고통스러운 듯 표정이 일그러져 있어 본
래보다 훨씬 늙고 추레해 보였다. 눈은 부릅떠 있고 입은 반쯤
열려 있고 콧구멍은 크게 벌어진 채였다. 소년은 노인의 눈과 입
을 닫아주었다. 그럼에도 고통스러운 빛은 지워지지 않았다.

"죽었네."

어느새 다가온 C가 무심히 말했다.

"자동차에서 꼼짝도 안 하더니. 죽은 거였구나."

"그런데 아직도 안 썩었네."

소년이 노인의 옷깃을 들춰보았다. 어느 곳에도 부패의 흔적
이 없었다. 노인이 정확히 언제 죽었는지는 분명하지 않았지만
하루 이틀은 족히 지났을 것이다. 하지만 늙고 추레한 몸은 살
아 있을 때와 다름없었다. 고약한 냄새를 풍기며 썩어들어가거
나 심지어는 살점을 파먹는 구더기들조차 없었다. 시체 곁에는
으레 따라다니는 파리 떼 또한 자취를 감추었다. 소년은 노인에
게서 손을 뗐다. 기분이 좋지 않았다. 썩지 않는 시체는 들어본
적도 없었다. 그는 손을 털면서 노인에게서 떨어졌다. 노인은 진

짜 사람이라기보다 밀랍으로 빚은 인형처럼 보였다.

"이 사람도 동쪽에서 왔어. 나는 오는 걸 보고 자동차 안에 숨어 있었어. 하룻밤이 다 지나고 낮이 되도록 나오지 않길래, 나도 더워서 참을 수가 없어서 밖으로 나왔어. 그런데 죽어 있었구나. 몰랐어."

그는 C의 무심한 어조가 소름 끼쳤다. 사람이 죽었는데, 죽음이 버젓이 그의 옆에 누워 있었는데, C는 별일 아니라는 듯 담담하게 말했다. 그가 애인과 소년을 기다리면서 빈둥대며 자동차 그늘에 있을 때 노인은 죽어 널브러졌던 것이다. 소년은 노인의 팔다리를 바로 해주고 의자를 뒤로 젖혀 편안하게 눕혀놓았다. 조금 덜 닫힌 입을 꽉 다물어주기도 했다. 그는 노인을 비참한 꼴로 버려두고 싶지 않았다. 노인은 그렇게 누워 있자 마치 살아 있는 사람처럼 보였다. 자세히 들여다보면 생기라곤 없는 어두운 낯빛과 부자연스럽게 틀어져 있는 몸 때문에 시체라는 사실을 깨달을 수 있었지만, 얼핏 보면 악몽을 꾸며 잠든 것처럼 보이기도 했다. 노인은 이미 죽었지만 어딘가 불편하게 만드는 구석이 있었다. 죽은 사내나 임신부는 상처 때문에 고통스럽게 죽었지만 죽은 뒤의 얼굴에는 어린아이 같은 평온한 기색이 어려 있었다. 하지만 노인의 얼굴에는 그런 것이 없었다. 노인의 주름진 얼굴에 마지막으로 새겨진 표정은 고통에 가득 찬 것이었다.

"저게 뭐야?"

뒷좌석을 들여다보던 C가 소년을 돌아보았다. 그는 자동차 뒷
문을 열었다. 문을 열자마자 빈 유리병 몇 개가 굴러떨어졌다.
유리병은 낮의 햇빛을 받아 반짝거렸다. C는 자기 앞으로 굴러
온 유리병을 발로 걷어차 치웠다. 자동차 바닥에는 똑같은 빈
유리병이 잔뜩 쌓여 있었다. 소년은 곧 뒷좌석에 얌전히 놓인
유리병 하나를 발견했다. 그 유리병은 난생처음 보는 검은 물로
가득 채워져 있었다. 소년은 조심스럽게 유리병을 집어들었다.
검은 빛깔을 띤 물은 어디에서도 본 적 없는 것이었다. C가 그
의 옆에서 경멸스런 눈초리로 유리병을 노려보았다.

"이게 뭐야? 물이야?"

"나도 모르겠어."

C는 벌레 쳐다보듯이 유리병을 보았지만 그의 눈에는 호기심
이 어려 있었다. 소년은 죽은 노인의 눈치를 살피면서 자동차
문을 닫았다. 그들은 자동차 그늘에 주저앉아 유리병을 살폈다.
유리병은 팔뚝보다 조금 짧은 길이로 단단하고 두꺼워 보였다.
주둥이는 얇은 쇠로 봉인되었고 병의 가운데 부분이 유난히 좁
게 들어간 기묘한 모양이었다. 소년이 조심스럽게 병을 흔들자
물속에서 공기 방울이 부글부글 끓어올랐다. 소년과 C는 모두
화들짝 놀라 물을 자세히 들여다보았다. 검은 물속에 수없이 많
은 공기 방울이 있었다. 어디에서도 보지 못했고 들어보지 못한

것이었다.

"기분 나쁜 색인데."

그들은 한동안 검은 물을 빤히 들여다보기만 했다. 햇빛에 비추면 검은 물이 붉은 기운을 띤 검누른 빛깔로 변했다. 이상한 물이었다.

"물이 썩은 걸까?"

"썩은 물이 색깔도 변해? 원래부터…… 원래부터 검은 물인 것 같은데."

C의 말이 맞는 것 같았다. 그들은 입을 다물고 정체를 짐작할 수 없는 검은 물을 가만히 들여다보았다. 소년은 새카만 물을 한참 쳐다보고 있으려니까 괜히 뱃속이 뒤틀려왔다. C도 비슷한 기분이었는지 불안한 기색으로 유리병을 뜯어보았다. 불쾌한 기분에 사로잡히면서도 뚜껑을 열어보고 싶은 호기심은 시간이 흐를수록 거세게 일었다. 소년은 괜히 꺼냈다는 생각이 들기 시작했다. 그는 모래바닥에 병을 내려놓고 C의 눈치를 살폈다.

"열어볼까? 병?"

내키지 않는 기색이었지만 내심 완전히 호기심을 떨쳐내지 못한 C가 고개를 끄덕였다. 병뚜껑은 얇은 쇠로 단단하게 덮여 있었지만, 자동차 손잡이에 걸치고 세게 밀어내자 손쉽게 열렸다. 쇠가 벗겨지는 순간 누리끼리한 빛을 띤 흰 거품이 밀려올라왔다. 소년은 깜짝 놀랐지만 병을 내던지지는 않았다. 병 주둥이에서 솟아오른 거품은 소년의 손등을 타고 모래바닥으로 뚝뚝 떨어졌다. 거품은 천천히 가라앉기 시작해 종내에는 더 흘러넘치지 않았다. 그들은 검은 물 위로 뽀글뽀글 올라오는 공기 방울과 구름처럼 도탑고 푹신푹신해 보이는 거품을 말없이 지켜보았다.

C가 망설이다가 소년에게서 병을 건네받았다. 그는 한쪽 눈을 감고 다른 한쪽 눈을 병 주둥이에 바짝 갖다대고 안을 들여다보았다. 한참 들여다보던 C는 불쑥 병 주둥이에 코끝을 댔다. C는 미간을 잔뜩 찌푸린 채 코를 킁킁거리다가 눈을 둥그렇게 떴다. 소년은 C에게서 유리병을 돌려받아 냄새를 맡아보았다. 달콤한, 머리가 어지러울 정도로 달콤한 냄새가 났다. 소년은 이처럼 짙고 깊은 달콤한 냄새는 처음이었다. 검은 물에서 나는 냄새는 꽃이나 과일 따위에서 맡을 수 있는 그런 달콤함이 아니었다. 과일에서 나는 달콤한 향기는 은은하게 코끝을 간질이는 정도로, 이처럼 짙은 냄새를 풍기지 않았다. 꽃향기로 말하자면 훨씬 거리가 멀었다. 꽃의 향기는 흙냄새와 풀 냄새가 뒤섞여 부드럽고 옅게 코끝을 맴도는 달콤함이었다.

검은 물의 달콤한 냄새는 여태껏 그들이 알고 있었던 냄새와는 전혀 다른 종류의 것이었다. 콧속 깊이 진하게 밀려들고 입안에 군침이 고이게 만드는, 불안할 정도로 깊고 매혹적인 달콤함이었다. 어딘지 몸이 나른해지고 자꾸만 코끝을 들이밀고 싶어지는 냄새였다. 그들은 어디에서도 이런 냄새를 맡아본 적이 없었다. 소년은 검은 물을 마시고 싶다는 생각에 사로잡혔다. 그가 병 주둥이를 입에 대자 C가 재빨리 소년에게서 검은 물을 빼앗았다.

"이게 뭔 줄 알고 마셔?"

"마신다고 무슨 일 나겠어? 고작해야 설사하는 정도겠지."

툴툴거리며 대답하면서도 소년은 고집을 피우지 않았다. C는 손 안의 병을 내려다보면서 중얼거렸다. 아카시아나 라일락보다도 훨씬 진한 향기가 있구나. 그는 둔탁한 빛을 띠는 검은 물이 마음에 들지 않았다. 언뜻 보면 검지만 햇빛에 비추면 검누렇게 색이 바뀌고, 물 안에서는 끊임없이 공기 방울이 솟으며, 심지어는 거품까지 이는 이상스러운 물이었다. C는 금세 그 물이 기분 나빠졌다.

"별로 좋은 물 같지는 않아…… 쏟아버릴까?"

소년의 대답을 기다리지 않고 C는 병을 뒤집었다. 좁은 주둥이에서 검은 물이 폭포수처럼 쏟아졌다. 모래바닥에 곧장 스며들지 않고 검은 물은 허옇게 거품이 일었다가 천천히 모래 속으로 스며들었다. 소년도 그 모습은 꺼림칙한 모양인지 눈살을 찌푸렸다. C는 주변의 모래를 끌어모아 아예 그 위를 덮어버렸다. 달콤한 냄새는 아직 코끝을 맴돌며 좀처럼 사라지지 않았다.

"지평선 너머의 물일까?"

"아냐. 집배원도 세금징수원도 이런 물을 마시진 않았어."

집배원 소녀나 세금징수원이 마시던 물도 유랑민들이 나눠준 오아시스의 물처럼 투명한 색이었다. 지평선 너머의 것이라고 해서 유랑민들의 물과 다르지는 않을 것이다. 소년은 콧등을 세게 문질렀다. 기분 나쁠 정도로 달콤한 냄새가 콧속 깊이 남았다. 목이 탔다.

검은 물을 버리고 C는 차 주인의 자동차로 돌아갔다. 고요한 낮이었다. 태양이 하늘 꼭대기에서 제 몸을 불태우며 지상에 빛을 뿌렸다. C는 더위 속에서 땀을 뻘뻘 흘리며 낮잠을 잤다. 소년은 노인의 자동차 그늘에 웅크리고 누워 꾸벅꾸벅 졸았다. 피곤했지만 더위 때문에 좀처럼 잠이 들 수 없었다. 그늘은 아무 도움도 되지 못했다. 졸린 눈을 맥없이 깜빡이던 소년의 시야에 개미 한 마리가 들어왔다. 소년은 개미들의 외모를 구별할 수 없었음에도 어쩐지 그 개미가 낯익게 느껴졌다. 개미는 부지런히 모래알을 타고 넘다가 별안간 멈춰 섰다. 멈춘 개미가 더듬이를 미친 듯이 움직이는 모습이 소년에게까지 보였다. 개미는 한동안 그 앞에서 머뭇거리다가 왔던 길을 되돌아가버렸다. 개미는 순식간에 종적을 감추었다. 그 움직임이 어찌나 재빠르던지 소년은 금세 개미를 시야에서 놓쳐버렸다. 개미를 찾는 것을 포기하고 그가 모래바닥에 드러누웠을 때 새로운 개미 행렬이 나타났다.

개미 떼는 빠른 속도로 나아가고 있음에도 긴 행렬을 흐트러짐 없이 유지했다. 개미 행렬은 방금 전 한 마리의 개미가 멈추었던 곳에 똑같이 멈췄다. 선두에 선 개미가 맹렬히 더듬이를 흔들어댔다. 소년은 꾸벅꾸벅 졸며 개미 떼를 지켜보았다. 그는 개미들에게서 전혀 흥미를 느끼지 못했다. 그때 선두의 개미가 별안간 모래 속으로 파고들어가기 시작했다. 선두의 개미가 어떤 신호를 보낸 모양인지 개미들이 삽시간에 열을 흐트러뜨렸다. 개미 떼는 일제히 모래 속으로 파고들어갔다. 소년은 호기심에 손가락으로 모래를 파냈다. 축축한 무언가가 손끝에 닿았다. 젖은 모래알들이 굴러나왔다. 소년이 파놓은 구멍으로 개미 떼가 아귀아귀 몰려들었다.

C가 검은 물을 쏟아내고 다른 모래로 덮어놓은 자리였다. 개미 떼는 검은 물이 풍기는 달콤한 냄새를 맡고 그 자리를 향해 무작정 돌진하는 것이었다. 소년은 저도 모르게 숨을 멈추고 개미 떼를 지켜보았다. 개미들은 그가 손가락으로 살짝 파놓은 구멍 안에서 몸을 굴리고 더듬이를 움직이면서 검은 물의 흔적을 찾으려 애썼다. 개미들은 달콤함에 온 힘을 다해 달려들었다. 개미 떼가 그곳에 오글오글 엉켜 나뒹구는 모습이 퍽 징그러웠다. 소년은 모래알을 긁어모아 그들 위에 엎어버렸다. 개미 떼는 자신들 위로 모래가 쏟아지는 것도 모르고 더듬이만 흔들어댔다. 단 한 마리의 개미도 모랫더미를 빠져나오지 못했다. 빠져나오지 못한 것이 아니라 나오지 않은 것이다. 소년은 모랫더미를 내려다보

다가 문득 제 손등을 보았다. 그의 손등에는 조금 전 검은 물의 거품이 덮어 생긴 끈적끈적한 자국이 그대로 남아 있었다.

소년은 물끄러미 손등을 내려다보았다. 모래 알갱이 몇 개가 달라붙은 손등에는 아직 검은 물의 맛이 남아 있을 것 같았다. 그는 차 주인의 자동차 밑에서 잠든 C를 훔쳐보았다. 개미들이 그토록 바글거리며 갈망하던 검은 물의 맛이 궁금했다. 그는 슬그머니 C에게서 등을 돌리고 앉았다. 소년은 혀를 내밀어 손등의 끈적끈적한 자국을 핥았다. 달콤했다! 그 자국을 핥은 것뿐인데도 강렬한 냄새만큼이나 단맛이 고스란히 혀로 전해졌다. 소년은 손등을 길게 핥았다. 모래알이 혓바닥에 말려들어갔음에도 그는 아랑곳하지 않았다. 처음 맛보는 진한 달콤함이었다. 그는 정신없이 손등을 핥다가 C가 버린 유리병을 발견했다. 소년은 유리병의 주둥이를 입에 넣었다. 단맛이 그대로 남아 있었다. 세상에는 이런 맛도 있었다. 이런 달콤함이 있었다. 소년은 주둥이 속으로 혀를 밀어넣었다. 병 밑바닥에 남은 몇 방울의 검은 물이 흘러내려 혀에 닿았다. 그 냄새만으로는 달콤함을 털끝만치도 짐작할 수 없는 진한, 아주 진한 물이었다

그의 눈길이 노인의 자동차에 닿았다. 자동차 안에 남은 검은 물이 있을지도 몰랐다. 소년은 병을 내던지고 자동차 문을 열어젖혔다. 힘껏 내던진 병이 단단한 모래땅에 부딪혀 산산이 조각났다. 소년은 흠칫 놀라 움직임을 멈추었다. 날카로운 소리에 C가

잠에서 깨어났다. 그는 목을 긁으며 일어나 앉았다. 소년은 재빨리 자동차 그늘에 눕는 체했다. C는 그를 힐끗 보고는 도로 몸을 뉘었다. 소년은 자동차 문을 닫았다. 소년은 침으로 범벅된 손등을 옷에 문질러 닦고는 C의 옆으로 다가갔다. 그는 배낭에서 꺼내놓은 물을 들이켰다. 물통을 내려놓는 소년의 눈에 임신부가 뿌리쳤던 빈 물통이 눈에 띄었다. 그는 신경질적으로 빈 물통을 던져버렸다. 물통은 통통 튀면서 꽤 멀리까지 굴러갔다. 물통을 따라 시선을 돌리던 그의 몸이 굳었다.

"C······"

그는 신음하듯 C를 불렀다. C가 몸을 일으켰다. 그는 가려움증이 난 목을 연신 긁어댔다. 소년과 C의 시선은 물통이 튕겨간 북쪽에 닿았다. 티 없이 푸르기만 하던 하늘 끄트머리가 어두웠다. 고목들만 외롭게 버티고 선 텅 빈 북쪽 지평선 너머에서 모래먼지가 사납게 휘날렸다. 소년도 C도 천천히 북쪽을 좀먹으며 다가오는 것이 무엇인지 알고 있었다. 느릿느릿 불어오는 바람결에 빈 물통이 넘어지는 소리가 났다. 소년은 소스라치게 놀라 C를 돌아보았다. C가 눈도 깜빡이지 않고 숨조차 멈춘 듯이 뚫어져라 북쪽을 노려보고 있었다.

다시금 불어온 느린 바람에 물통이 데굴데굴 굴러갔다.

C는 아무 말도 하지 않았다. 그는 신경질적으로 목을 긁거나,

물통을 매만지거나, 모닥불에 나뭇가지를 던져넣거나 했지만 말은 한마디도 꺼내지 않았다. 소년은 C가 먼저 말을 꺼내길 기다렸다. 그는 C의 물음을 떠올렸다. 결국 우리는 죽겠지? 모래평원에서 보낸 추운 밤이었다. 소년은 그렇지 않다고 대답하고 싶었지만 결국 아무 말도 하지 못했다. 소년은 이제 대답할 수 있었다. 그들은 죽지 않는다. 죽는다면 모든 것이 헛된 일이 된다. 그들은 도시로 달아나 살아남을 것이다. 북녘을 잠식해오며 그들에게 발길을 향하는 것은 분명 모래폭풍이었다. 모래폭풍이 그들 코앞에 도래한 것이다. 일단 지평선에서 모습을 드러내면 순식간에 다가와 피할 틈도 없이 소년과 C를 덮칠 것이다.

소년은 다이아몬드를 유심히 들여다보았다. 총총히 떠오른 수수한 별빛에도 다이아몬드는 화려한 광채를 반사했다. 다이아몬드는 그들에게 새 삶을 줄 수 있었다. 그저 예쁘다고 바라보기만 하다 버리는 것은 아까운 일이었다. 소년은 다이아몬드를 조심스럽게 쓰다듬었다. 아름다움은 물론 그 무엇도 죽음 앞에서는 필요하지 않았다. 소년은 누구에게도 다이아몬드를 넘겨주지 않을 것이다. 경찰관에게도, 짐꾼에게도, 누구에게도. 다이아몬드가 영롱한 빛을 반짝거렸다. 소년은 다이아몬드를 C에게 건넸다. C도 다이아몬드가 단순히 예쁜 돌멩이 이상의 가치를 지녔다는 사실을 알 것이다.

소년은 장작불을 쑤시는 C에게 말을 걸었다.

"도시에서 모래폭풍을 피하고 그녀를 기다리면 되잖아."

"……"

"왜 꼭 모래평원에서 기다려야 해? 우리가 도시로 가서 직접 찾아보면 되잖아?"

"도시로 가면 다시 집으로 돌아갈 수 없다고 말했잖아."

"그럼 차라리 집으로 돌아가자."

C는 입을 다물어버렸다. 그는 다이아몬드를 만지작거리며 이따금씩 북쪽을 쳐다보았다. 모래폭풍은 더이상 '이제 곧 온다'는 것이 아니었다. 모래폭풍은 그들 코앞에서 차근차근 모래평원을 건너왔다. 그들은 죽을 것이다. 소년은 몸서리쳤다. 등줄기가 오싹해졌다. 죽음이 모닥불 그림자 속에, 황폐하게 허리를 꺾은 고목의 뒤에, C의 어깨 너머에, 소년의 뱃속에 들어앉아 있었다. 죽지 않을 것이다. 소년은 죽을 수 없었다. 그는 살아남을 수 있는 길이 바로 눈앞에 드리워져 있는데 모른 척할 수는 없었다. 단순했다. 그냥 철길을 따라가기만 하면 그들은 새 삶을 얻는 것이다! 모래평원으로부터 자유로워질 수 있었다.

"그녀가 돌아왔을 때 우리가 없다면, 그녀는 여기에서 죽어, 여기 모래평원에서. 그때 죽어가던 사내처럼 저기 저 자동차의 늙은이처럼. 그녀는 뜬 눈으로 죽을 거야. 나는 돌아올 그녀를 두고 떠날 수 없어. 도시로는 갈 수 없어."

늑대의 울음소리가 모래평원의 적막을 깼다. 늑대들은 고요한 밤하늘을 뒤흔들며 울음을 뽑아냈다. 소년은 모닥불 그림자가 진 C의 얼굴을 바라보았다. 다이아몬드를 움켜쥐고 고집스럽게 모닥불을 내려다보는 얼굴이 증오스러웠다. 소년은 C가 증오스러웠다. C는 소년이 모래평원 한가운데서 길을 잃거나 말거나 신경 쓰지 않았다. 결코 돌아오지 않을 애인만을 기다렸다. C는 자신을 구하기 위해 소년이 유랑민들을 찾아 헤매고, 갈증과 허기에 시달리고, 침묵과 고독으로 고통스러워한 시간들은 개의치 않았다. 소년은 견딜 수 없었다. 더이상은 기약 없는 기다림과 호시탐탐 기회를 엿보는 곁의 죽음을 버텨낼 재간이 없었다. 소년이 자리를 박차고 일어나는 순간, 늑대가 다시 한번 길고 사납게 울어댔다. 그와 연이어 겁에 질린 듯한 울음소리가 모래평원의 불안한 고요를 뒤흔들었다.

"개다!"

소년은 달빛이 드리워진 평원 위를 미친 듯이 내달리는 개를 발견했다. 개가 우렁차게 짖으며 평원을 가로질러 그들에게로 맹렬히 달려왔다. 늑대의 사나운 울음소리가 개의 울음소리를 단번에 덮어버렸다. 길게 뽑히는 늑대의 섬뜩한 울음소리가 모래평원의 어둠 속으로 스며들었다. 소년과 C는 모닥불 앞에 얼어붙어 어둠 속을 응시했다. 개는 점점 그들에게 가까워졌다.

시야가 어둠으로 막혀 있긴 했지만 소년은 개가 지치고 상처 입었다는 사실을 금세 알아챘다. 개는 필사적으로 달리고 있었지만 그 모습이 퍽 불안정해 보였다. 사력을 다해 달리는 개 뒤로 늘대가 유유히 쫓아오고 있었다. 그들은 모래폭풍이 불어오는 북쪽 지평선에서 나타났다. 달리는 개와 늘대 발밑으로 모래먼지가 피어올랐다 가라앉았다. 개는 다시 한번 크게 짖었으나 바로 꽁무니를 쫓아오는 늘대가 울음소리를 따라 뽑아내자 더이상 짖지 않았다. 대신 더욱 필사적으로 달렸다. 소년과 C는 그들의 숨 막히는 추격전을 말없이 지켜보았다. 소년은 곧 쫓기는 개가 세금징수원이 찾던 개임을 깨달았다. 동쪽 도시의 갑부가 잃어버린 애완견이었다.

개와 늘대는 소년과 C 근처까지 다가왔다. 소년과 C는 그때서야 허겁지겁 자동차 안으로 들어가 숨었다. 개는 등에 길게 찢어진 상처가 나 있었다. 개 뒤로는 핏자국이 점점이 남았고 흩날린 핏방울이 늘대의 털을 적시기도 했다. 개는 입가에 침을 질질 흘리며 눈을 부릅뜨고 철길을 향해 돌진했다. 철길을 건너뛴 개는 소년과 C를 지나치며 다시 한번 크게 울부짖었다. 늘대가 그 뒤를 바짝 쫓으며 낮게 으르렁거렸다. 개는 그들을 지나 노인이 죽은 자동차로 달려갔다. 개는 어처구니없게도 자동차의 작은 창문으로 머리를 들이밀었다. 개는 창문 안으로 기어들어가기 위해 안간힘을 썼다. 뒷다리가 우스운 몸짓으로 모래바닥을 긁어댔다. 노인의 시체 때문에 개는 자동차를 타고 넘어가지 못했다. 늘대가 바로 뒤꽁무니에 다가왔다.

소년은 개가 자동차 안으로 들어가려는 것이 아님을 깨달았다. 개는 노인의 옷깃으로 자꾸만 주둥이를 밀어넣으며 낑낑거렸다. 바로 등뒤에 늑대가 들이닥쳤는데도 아랑곳 않고 노인의 품에 파고들기만 했다. 더이상 도망갈 생각이 없어 보였다. 그는 노인의 시체가 자신을 구해줄 것이라고 굳게 믿는 듯했다. 꼬리를 다리 사이로 말아넣고는 낑낑거리며 애처롭게 뒷다리를 허우적거렸다. 개는 이미 노인이 죽었다는 사실을 모르는 듯했다. 자신에게 짙게 밴 죽음의 냄새 때문에 노인의 죽음을 알아차리지 못했다. 개는 시체의 품에 자신의 몸과 공포를 내맡겼다.

그러는 사이에 어느새 다가온 늑대가 뒷다리를 망설임 없이 덥석 물었다. 개가 고통스럽게 몸부림쳤다. 개의 울부짖음이 모래평원의 적막을 뒤흔들었다. 뒷다리를 물리고도 저항하지 않고 노인의 시체에만 매달렸다. 기실 개는 늑대와 맞먹을 정도로 덩치가 크고 이빨이 날카로웠다. 이미 등에 상처를 입었고 지치기도 했지만 눈깔을 뒤집고 달려든다면 늑대를 못 이길 것도 없어 보였다. 소년은 C가 저런 개에게 물렸다고 생각하자 목덜미가 쭈뼛해졌다. 만신창이가 된 C의 팔이 그 정도로 끝나서 다행이라는 생각이 들었다. 그러나 개는 끝내 저항하지 않았다. 날카로운 이빨을 입안에 숨기고 노인의 품에 머리를 깊이 파묻었다. 고통스러운 개의 울음소리가 처량하게 퍼졌다.

반면에 늑대는 무자비하게 뒷다리의 살점을 물어뜯었다. 늑대는 저항하지 않는 개의 옆구리를 손쉽게 깨물어 흔들었다. 늑대의 이빨은 크고 날카로웠다. 필사적으로 버둥거리던 개는 옆구리를 물리고 눈에 띄게 힘이 빠졌다. 늑대가 앞다리로 등을 사납게 할퀴며 목덜미를 물었다. 개는 크게 소스라쳤다가 축 늘어졌다. 늑대는 목덜미를 물어 개를 자동차에서 끌어냈다. 개의 울음소리가 뚝 끊기자 늑대의 거친 숨소리와 으르렁거리는 소리만 낮게 들려왔다. 갑작스럽게 되찾은 고요는 오싹했다. 늑대가 개의 옆구리에 코를 박고 게걸스럽게 먹어치우기 시작했다.

늑대는 자동차에 담긴 노인의 시체는 털끝도 건드리지 않았다. 개를 잡아먹는 것으로 식사를 끝낸 늑대가 피에 젖은 주둥이를 혀로 훔쳤다. 만족스러운 듯이 낮게 울며 어슬렁어슬렁 걸어 철길 근처에 주저앉았다. 뒷다리로 머리를 긁곤 늑대는 바닥에 배를 깔고 길게 엎드렸다. 한동안 그 자리에서 쉬다가 새벽녘, 북쪽으로 떠났다. 늑대는 모래폭풍이 불어오는데도 아랑곳하지 않고 북쪽의 어둠 속으로 서서히 사라져갔다. 소년은 문득 C가 사람의 손에 길러진 개는 살아남을 수 없다고 말했던 것이 떠올랐다. 그는 머리통과 가죽만 남고 뱃속이 텅 빈 개를 바라보았다. 피 냄새가 코끝을 맴돌았다. 세금징수원의 말이 맞았다. 개는 사람의 냄새를 맡고 그냥 지나치지 않았다. 비록 그 사람이 이미 죽었다고 하더라도.

"모래폭풍이 오면……"

소년은 자동차 밖으로 나가려다 말고 돌아보았다. C의 눈길은 늑대가 사라진 북쪽을 향해 있었다. 그의 시선은 어둠 속을 꿰뚫고 지평선 너머에서 휘몰아치는 모래폭풍에 닿아 있는 것 같았다. 무심코 목을 긁어대던 C의 손이 멈추었다.

 "철길이 망가지지 않을까? 그녀는 기차를 타고 돌아온다고 했는데."

 소년은 대답하지 않았다.

 다음 날 눈을 떴을 때 모래폭풍은 여전히 북녘에서만 맴돌았다. 아직 멀리 떨어져 있었음에도 모래폭풍의 영향은 점점 더 커져갔다. 소년은 걱정스러운 눈길로 지평선을 바라보았다. 고목들이 모래폭풍에 휩쓸려 올라갔다. 폭풍은 척박한 모래평원의 땅을 휘몰아치며 지나온 자리를 더욱 황폐하게 만들었다. 철길이 있는 쪽까지 심한 바람이 불어왔다. 모래알이 섞인 된바람은 세게 불어닥쳤고 소년과 C는 때때로 자동차 안에 피해 있어야 할 정도로 상황은 나빠져만 갔다. 자동차 창문 틈에 모래알들이 켜켜이 쌓여갔다. 바람은 더욱 세차고 지독스럽게 몰아쳤다. 후끈후끈한 열기와 뜨거운 모래알이 뒤섞인 바람은 채찍처럼 모래평원을 후려쳤다.

 "떠나자. 떠나야 돼."

 "……"

"C, 우리는 죽고 말 거야."

그들이 머무는 하늘에는 여전히 태양이 권세를 떨쳤다. 새파란 하늘에는 구름 한 점 없이 열기로 가득했지만 지상에는 삭풍이 몰아쳤다. 세찬 바람에 실려온 모래알들이 온몸을 던져 부딪쳐왔다. 메마른 모래땅 위로 떨어진 모래들은 또다시 바람결에 실려 모래평원 어딘가로 흩날려갔다.

모래평원의 모든 곳에서 크고 작은 바람이 소용돌이쳤다. 바람들은 거세게 저들끼리 맞부딪쳤다가 흐트러지고 다시 세력을 끌어모아 허공 높이 솟구쳤다. 바람은 모래먼지들을 이끌고 다니며 함부로 공기를 되착거렸다. 모래평원의 적막은 바람에 베여 서서히 스러져갔다. 바람 소리가 온통 모래평원을 지배했다. 거센 바람에 휘말린 열기는 황망히 흩어져 예전의 권력을 잃었다. 바람은 허리 꺾인 고목들을 희롱하며 함부로 몸을 굴렸다. 모래평원에 폭풍이 일어나고 있었다. 모래폭풍의 위세는 북녘을 넘어 철길까지 침투했다.

"......"

C의 침묵은 변함이 없었다. 소년은 불안한 눈초리로 북쪽을 응시했다.

"모래폭풍이 와. C, 그녀는 돌아오지 않을 거야."

"......"

모래평원의 적막이 그들의 자동차 안으로 숨어든 것 같았다. 숨 막힐 듯 무거운 침묵에 짓눌린 소년의 눈길은 북쪽에서 떠나지 않았다.

"그녀는 돌아오지 않아."

"자동차를 타고 떠나자. C, 정말로 떠나야 돼."

모래폭풍이 거의 코앞까지 들이닥쳤다. 그들은 금방이라도 모래폭풍에 휩쓸릴 것 같았다. 동틀 녘 북쪽에서 모습을 드러낸 모래폭풍은 순식간에 모래평원을 범람했다. 바람은 점점 더 심하게 불었고 모래 알갱이들이 세차게 유리창에 부딪쳤다. 하늘에는 여전히 구름 한 점 없었다. 태양은 너무도 먼 곳에 있는 것처럼 느껴졌다. 하늘 꼭대기에서 태양은 밝게 빛나고 있었지만 그의 열기는 더이상 지상에 닿지 않았다. 지상에는 온통 바람, 미친 듯이 나부끼는 바람들만이 소용돌이쳤다.

"비는 내리지 않네."

C는 창밖으로 점점 거리를 좁혀오는 폭풍을 바라보았다. 모래폭풍은 비구름을 몰고 오지 않았다. 태양에 닿을 듯 높이 소용돌이치는 거대한 바람 기둥은 모래와 죽은 나무들로만 이루어졌다. 무자비하게 휩쓸고 지난 자리는 이전의 모래평원보다 훨씬 황폐해졌다. C는 자동차에서 내렸다. 자동차 문으로 삭풍이 불었다. 바람이 뺨을 에어가는데 정수리로는 뜨거운 햇볕이 쏟아

졌다. 소년은 C를 따라 자동차에서 내렸다. C가 모래평원을 둘러보았다. 그들의 온몸으로 모래알이 부딪쳐왔다. C는 소년을 돌아보지 않았다. 그는 점점 가까워지는 모래폭풍을 말없이 응시했다. 소년이 불안으로 거칠게 갈라진 목소리로 외쳤다. 그의 외침은 소용돌이치는 바람에 막혀 한없이 작게 들렸다.

"비는 안 와, 이제 그만 가야 해!"

"어디로 갈 건데?"

C가 소년을 돌아보았다. 소년은 한순간 말이 막혔다. C의 눈빛이 너무 공허했다. 모래폭풍이 이미 C의 내부를 휩쓸고 지나간 것 같았다. 아니, 오래전부터 그의 내부에는 모래평원에서 불어닥치는 모래바람들이 불고 있었던 것처럼 보였다. C가 맥없이 바람에 흔들리며 소년을 응시했다. 불길한 기운이 덮쳐왔다. 소년은 뱃속이 뒤틀리는 것을 느꼈다. 바람이 점점 세차게 그의 발밑에서 소용돌이쳤다. 금방이라도 몸이 허공으로 날아갈 것만 같았다. 소년은 주저앉아 발밑의 철길을 붙들었다. 뜨거운 철근을 움켜쥐는 소년을 C는 바라보기만 했다.

"도시로…… 철길을 따라가면 도시에 닿을 수 있을 거야. 도시로 가면 돼."

소년은 말이 없는 C에게 외쳤다.

"도시로 갈 수 없다면, 집으로! 집으로 갈 수 있잖아!"

"나는 오래전에 집으로 돌아가는 길을 잊어버렸어."

C가 물끄러미 소년을 쳐다보았다.

"너는 기억해?"

소년은 잊어버렸다. 그가 알고 있는 길은 오로지 철길뿐이었다. 낡고 녹슨 철길, 모래평원의 끔찍스런 깊은 흉터, 가리키는 곳이라곤 도시뿐인 길, 더이상 기차가 다니지 않는 버려진 길. 소년이 아는 길은 철길뿐이므로 그가 갈 수 있는 곳도 도시와 모래평원뿐이었다. 그는 도시로 가고 싶었다. 살아남고 싶었다. 그에게는 다이아몬드와 자동차가 있었다. 소년에게 남은 장소는 도시뿐이었다. 그는 더이상 밤하늘에서 별자리를 보고 길을 찾지 않을 것이다. 집에 돌아가기 위해 모래평원을 헤매지도 않을 것이다. 소년은 철근을 움켜쥔 손가락에 힘을 주었다. 그는 도시로 갈 것이다. C는 철길에 주저앉은 소년을 내려다보았다.

"나는 도시로는 가지 않을 거야. 여기서 그녀를 기다릴 수밖에 없어. 영원히, 모래평원에서 영원히 살아야 해."

"……"

"우리는 모래평원에서 살다 죽을 거야."

모래평원을 견뎌낼 수 있는 사람은 없다. 사람들은 결국 모두 떠나간다. 소년은 멍하니 C를 올려다보았다. 죽음이 그의 어깨 뒤에서 웃고 있었다. 죽음, 집을 떠나온 날부터, 그녀가 떠난 이후부터 줄곧 그의 곁을 맴돌던 지긋지긋한 죽음, 그의 뱃속에 똬리를 틀고 사는 죽음. C가 소년에게서 등을 돌리고 천천히 북쪽을 향해 나아갔다. 모래폭풍이 그들에게 보내는 바람은 한 걸음 내딛기도 힘겨울 정도로 세차고 모진 것이었다. 바람은 무자비하게 몰아쳤지만 C의 걸음을 멈추지는 못했다. 소년은 모래알로 뒤덮여가는 C의 뒷모습을 바라보았다. C는 모래알로 온통 뒤덮여 모래알처럼 흔적도 없이 스러질 것이다. 그의 몸도 영혼도 모래평원에 남아 결코 떠나지 못할 것이다. 소년은 몸을 숙이며 철길의 철근을 더욱 세게 움켜쥐었다. 그때 그의 옷가지 안에 있던 무언가가 옆구리를 짓눌렀다. 소년은 무심코 옷 속에 손을 집어넣었다.

총이었다. 총, 총. 소년은 그 낯선 발음을 혀 위에서 굴려보았다. 바람을 타고 온 모래알이 입안에 무식한 기세로 굴러들어왔다. 소년은 모래알을 으득으득 씹으며 중얼거렸다. 총, 총, 총. 세금징수원의 말이 떠올랐다. 어떤 위험이 닥칠지 모르니 총을 지니고 있으시오. 소년은 철길의 철근에 뺨을 대며 바싹 몸을 붙였다. 그는 철길 위의 개미들을 떠올렸다. 세찬 바람에 휘말려 허공 어딘가를 부유하고 있을 가녀린 몸뚱이들. 소년은 철길에게 속삭이듯이 중얼거렸다. 낯설고 이질적인 발음이 그의 입안에서 천천히 색과 형태를 갖춰갔다. 그의 혀가 총을 만들어냈다. 총, 총. 소년은 더이상 그 발음이 낯설지 않다고 느꼈다. 총을 움켜쥔 손이 어색하지 않았다. 둔탁한 검은빛을 띤 무거운 무기가 가볍게 느껴졌다. 소년은 몸을 일으켰다. 북쪽의 모래폭풍을 향해 C는 온몸을 활짝 벌리고 있었다.

소년은 그의 등에 매달린 죽음을 똑똑히 볼 수 있었다. 그는 C의 몸속에서 똬리 튼 죽음이 그의 몸을 좀먹어가는 것 또한 볼 수 있었다. 모래폭풍이 가까워질수록 C의 몸은 점점 사라져갔다. 죽음이 그의 몸을 뒤덮고 있었다. 소년은 C를 향해 총구를 겨누었다. 총을 겨눈다는 것은 이상한 느낌이었다. 소년은 다시 중얼거렸다. 총, 총, 총! 그는 돌아보지 않는 C를 향해 방아쇠를 당겼다. 전에 들어본 적 있는 불길하고 날카로운 소리가 맹렬한 바람 소리를 짓찢고 허공을 뒤흔들며 모래평원에 울려퍼졌다. 바람들은 총소리를 싣고 모래평원 구석구석까지 파도처럼 밀려갔다. C가 뒤를 돌아보았다. 총알은 C를 한참 벗어났다. 소년은 C와 눈이 마주쳤다. 심장이 모래폭풍의 숨결과 함께 박동하는 것마냥 미친 듯이 뛰었다. 소년은 다시 총을 들었다. 그는 주문처럼 뇌까렸다. 총, 총, 총.

총, 하고 외칠 새 없이 C가 자동차로 달려갔다. 소년은 C를 따라 총구를 움직였다. 두 발로 버티고 있기 힘들 정도로 바람이 거셌다. 소년의 눈으로 모래알이 함부로 짓쳐들었다. 그는 흐릿해진 시야 속에서 C를 쫓아 자동차로 달렸다. 모래 때문에 눈물이 흘렀다. C가 바람을 뚫고 차 주인의 자동차 안으로 몸을 던졌다. 소년은 영원히 모래평원에 머무를 수는 없었다. 그는 도시로 갈 것이다. 도시에 가서 살아남을 것이다. 소년은 총을 움켜쥐고 C를 뒤쫓아 자동차 문을 열어젖혔다. 자동차 안에 C는 없었다. 그가 허깨비처럼 사라지고 없었다. 소년은 멍하니 총을 떨어뜨렸다. 그는 의자 위를 황망한 손길로 더듬다가 문득 등받이 틈새에서 딱딱한 것을 만졌다. 다이아몬드였다. 소년은 다이아몬드를 움켜쥐곤 말없이 그 아름다운 돌멩이를 내려다보았다. 다이아몬드를 응시하던 소년은 문득 뒤를 돌아보았다. 태양의 눈부신 빛살은 더이상 지상에 도달하지 못했다. 티 없는 하늘이 모래폭풍의 권세에 점차 시야에서 사라져갔다. 여전히 정수리는 뜨겁고 뺨은 에는 듯 아팠다. 그의 손아귀에서 다이아몬드가 굴러떨어졌다.

모래폭풍이 그의 코앞까지 불어닥쳤다. 문득 소년은 모래평원에서 죽은 얼굴들이 떠올랐다. 헤드라이트 앞에서 죽어간 사내, 아기를 낳다 죽은 임신부, 그녀의 다리 사이에 얼굴조차 없이 어둠에 묻혀 있던 죽은 아기, 아무도 없는 모래평원에서 혼자 죽어간 노인. 몸통을 죄 파먹히고 머리통만 남은 개. 그들의 창백하고 차가운 살결이 떠올랐다. 말없이 허공을 짚던 생기 없는 눈동자들이 떠올랐다. 소년은 고개를 젖혔다. 모래폭풍 너머, 새파랗게 펼쳐진 하늘에서 태양은 작열했다. 더위도 추위도 느껴지지 않았다. 소년은 온몸에 와 부딪치는 바람과 모래알 들을 느낄 수 없었다. 이 모래폭풍은 어디로 가는 걸까. 어디에서 온 걸까. 어디로 돌아가게 될까. 소년은 한 가지만은 알 수 있었다.

모래폭풍은 그가 왔던 곳으로 되돌아가지는 않을 것이다.

모래폭풍 속에서 명멸하는 태양을 어디선가 날아온 빨간색 스카프가 가리었다. 스카프의 알듯 모를 듯한 무늬가 빛줄기를 타넘으며 눈앞에서 넘실거렸다.

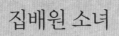

집배원 소녀

모래폭풍이 한차례 휩쓸고 지나간 모래평원은 한층 더 살풍경했다. 모래폭풍에 휩쓸린 철길이 완전히 사라져버렸다. 소녀는 덕분에 나침반을 들고 동쪽 도시로 향했다. 태양은 여전히 뜨거웠고 창백한 하늘에는 온통 이글거리는 열기뿐이었다. 소녀는 목덜미에 흐르는 땀을 닦아내며 밀짚모자를 고쳐 썼다. 말도 지친 듯 몇 시간 전부터 걸음이 느렸다. 소녀는 말고삐를 잡아세우고 양동이에 물을 채웠다. 주둥이 밑으로 양동이를 밀어주었다. 말은 어지간히 목이 탔던 모양인지 허겁지겁 물을 핥았다. 먼지로 뒤덮인 코를 닦아주자 말이 툴툴거렸다. 소녀는 그때 문득 지난번 여행 때 만났던 소년을 떠올렸다.

그 소년은 어디로 가는 길이었을까. 소년의 지치고 피곤한 얼굴이 기억났다. 그가 모래폭풍을 잘 피했는지 궁금했다. 소녀는 말이 깨끗하게 비운 양동이에 먹이를 채워주었다. 말은 이따금씩 꼬리를 흔들며 먹이를 먹었다. 소녀는 황량해진 모래평원을 둘러보았다. 모래폭풍에 휩쓸려 철길이 날아가버린 뒤 이주민이 급격히 줄었다. 모래폭풍의 기세를 보고 겁먹은 사람들은 아예 이주할 생각을 그만두기도 했다. 하지만 소녀는 이번에도 사람들의 만류를 뒤로하고 집배원 일을 하기 위해 모래평원에 나섰다. 집배원 일은 자신이 할 일이었고, 모래평원의 혹독한 날씨 때문에 일을 그만둘 생각은 없었다. 다만 이 척박한 땅을 내리누르는 적막은 괴로웠다. 때문에 모래평원에서 마주친 그 소년의 얼굴이 또렷이 기억에 남았다.

말이 충분히 휴식을 취한 뒤 소녀는 길을 떠났다. 얼마 가지 않아 소녀는 자동차를 발견했다. 온데간데없이 사라진 철길과는 달리 자동차는 비록 뒤집혀 있었지만 제자리에 남아 있었다. 자동차는 모래평원에 들어올 수 없다. 지난번 여행 때도 철길 옆에 세워진 자동차를 발견하고 도시에 도착하자마자 신고를 했다. 곧 소녀는 눈을 가늘게 뜨고 자동차를 뜯어보았다. 그때 본 자동차가 아니었던 것이다. 한때는 멀끔하고 광이 나는 검은색이었을 자동차는 모래먼지로 더럽혀지고 여기저기 찌그러져 몰골이 형편없었다. 소녀는 뒤집힌 자동차 곁을 지나가다 유리창 안으로 무엇인가 들여다보이자 깜짝 놀랐다. 소녀는 말에서 내려 자동차로 다가갔다. 유리창 가까이 얼굴을 들이밀던 소녀는 엉덩

방아를 찧었다. 노인이 죽어 있었다. 소녀는 달아나려다 말고 노인의 얼굴을 자세히 들여다보았다. 어딘가 낯이 익은 이였다.

"어머. 이 사람 그 갑부 아냐?"

애완견에게 다이아몬드를 비롯한 모든 재산을 남기겠다고 선언한 그 갑부였다. 신문 1면에 떠들썩하게 실렸던…… 애완견이 모래평원을 따라 가버린 것 같다고 주장하더니 결국 찾으러 나온 모양이었다. 결국 개는 찾지 못하고 죽은 듯했다. 소녀는 혀를 찼다.

"불쌍해라."

소녀는 노인의 얼굴이 섬뜩해져 뒤로 물러났다. 소녀는 말로 돌아가려다가 뒤집힌 자동차의 트렁크가 반쯤 열린 것을 발견했다. 소녀는 자동차 틈 안을 들여다보았다. 콜라병이 그득히 쌓여 있었다. 그 틈새 안으로 손을 집어넣어 콜라병 하나를 꺼냈다. 사나운 모래폭풍 속에서도 콜라병은 깨지지 않고 트렁크 안에 얌전히 남아 있었다. 어쩐지 노인의 얼굴이 전혀 썩지를 않았더라니. 콜라병을 만드는 물질에는 방부제가 섞여 있어, 콜라를 많이 마신 사람은 죽은 뒤에도 오랫동안 시체가 썩지 않는 것이었다. 그 때문만이 아니더라도 소녀는 콜라를 별로 좋아하지 않았다. 콜라는 너무 달았다. 소녀는 뜨끈뜨끈한 콜라병을 도로 트렁크 틈 안으로 집어넣었다. 그리고 자신을 기다리며 돌멩이를 가지고 노는 말에게로 돌아갔다. 소녀는 안장 위로 올라타려다가 문득 멈추었다.

　말이 가지고 노는 돌멩이가 유달리 반짝거렸다. 소녀는 돌멩이를 집었다. 돌은 다이아몬드처럼 반짝거렸다. 소녀는 신문 1면에 나오던 갑부의 다이아몬드를 보았을 뿐이었지만, 사진 속 다이아몬드처럼 화려한 광채를 내는 돌멩이가 마음에 쏙 들었다. 예전에 모래평원에는 이런 돌이 없었는데…… 돌멩이가 모래폭풍에 휩쓸려 아주 먼 곳에서 날아온 모양이었다. 소녀는 돌멩이를 편지들과 함께 배낭에 잘 싸맸다. 잠시 길을 지체한 소녀는 나침반을 보고 서둘러 말을 재촉했다. 느릿느릿 걷는 말발굽 아래로 개미 한 마리가 기어갔다.

　모래폭풍의 조짐은 전혀 보이지 않았다.

작가의 말

처음 당선 소식을 들었을 때는 마냥 기쁘고 벅찼습니다. 떨려서 밤잠을 못 이룰 정도였어요. 게다가 머잖은 날 제 소설이 책으로 출간된다고 했습니다. 꿈만 같았습니다. 다음 날 일어나면 없었던 일이 될 것 같았습니다. 행복하면서도 다른 한편으로 드는 우울함을 다는 감출 수가 없었습니다.

작년 겨울, 상을 받을 때만 해도 빨리 책을 내고 싶었습니다. 하지만 출판사에서 보내온 교정지를 받아들자마자 더럭 겁이 났습니다. 첫 장에서 다음 장으로 넘기는 데만 여러 날이 걸렸습니다. 눈앞에서 문장들이, 단어들이 하나하나 낱낱이 쪼개져 계속 소설을 읽을 수 없었습니다. 두려웠습니다. 그렇게 저는 제 소설로부터 도망쳤습니다. 그것이 제가 제 소설에게 베풀 수 있는 가장 큰 애정이라고 생각했습니다.

책상 서랍 깊숙한 곳에서 다시금 원고를 꺼내든 건 그로부터 정확히 십 개월 뒤였습니다. 어느 날 밤, 자려고 침대에 누웠는데 지난 일 년 동안 내가 단 한 줄의 글도 쓰지 않았다는 게 불현듯 떠오른 거지요. 오랫동안 빛 한 줌 없는 길고 긴 터널을 헤맨 기분이었습니다. 어디에서부터 용기가 났는지는 모르겠습니다. 마침내 출구를 찾은 것처럼 그 밤에, 나는 다시금 스탠드 불을 켜고 버려뒀던 내 소설 속으로 걸어들어갈 수 있었습니다.

오랜 시간 곁을 맴돌던 불안을 털어내니 이제야 겨우 주위에 눈을 돌릴 여유가 생겼습니다. 일 년 전, 졸작을 뽑아주신 심사위원 선생님들, 지금껏 어떠한 스트레스도 주지 않으시고 모자란 저를 마냥 기다려주신 김민정 선생님, 머리를 맞대고 책을 함께 고민해준 고은씨께 감사의 인사를 거듭 전합니다.

더불어 제게 문학을 가르쳐주신 이강산 선생님, 은승완 선생님, 윤한로 선생님, 홍우계 선생님, 저를 늘 기억해주는 변혜지, 이건희, 이진희, 한윤정, 그리고 언제나 제 곁에 계시는 엄마, 아빠, 오빠, 이모, 모두 사랑합니다.

196

다른 고마운 분들도 너무 많은데 더는 쓸 수 없는 것이 죄송
스럽습니다.

말을 아끼겠습니다.

앞으로 더 열심히 쓰겠습니다.

2010년 겨울

오송이

문학동네 장편소설
모래평원의 개미들
ⓒ 오송이 2010

| 1판 1쇄 | 2010년 12월 10일 |
| 1판 2쇄 | 2013년 1월 21일 |

지은이 오송이
펴낸이 강병선
책임편집 김고은 | 편집 김민정 | 독자 모니터 이원주
디자인 윤종윤 유현아 | 마케팅 신정민 서유경 정소영 강병주
온라인 마케팅 김희숙 김상만 이원주 한수진
제작 서동관 김애진 임현식 | 제작처 영신사

펴낸곳 (주)문학동네
출판등록 1993년 10월 22일 제406-2003-000045호
주소 413-756 경기도 파주시 문발동 파주출판도시 513-8
전자우편 editor@munhak.com | 대표전화 031)955-8888 | 팩스 031)955-8855
문의전화 031) 955-8890(마케팅) 031) 955-2663(편집)
문학동네카페 http://cafe.naver.com/mhdn

ISBN 978-89-546-1304-0 03810

www.munhak.com